木叶,本名王永华,安徽宿松县人,1970 年 11 月出生于含山县。毕业于安徽师范大学文学院中国现当代文学专业,文学硕士。

著有诗集《象:十三辙》(2019)《我闻如是》(2016)《在铁锚厂》(2012)《流水中发亮的简单心情》(2012)等。另著有随笔集《<三国演义>诗词赏析》(2015),其繁体字版本于 2016 年在中国台湾地区出版。

曾获 2013—2016 年度安徽省政府文学奖等数种奖项。

中国作家协会会员。现供职于安徽省文联。

木叶诗风独特,自成一格,有评论家认为创造了新诗的"木叶体"。

大运 *Da Yun*

时代出版传媒股份有限公司
安徽文艺出版社

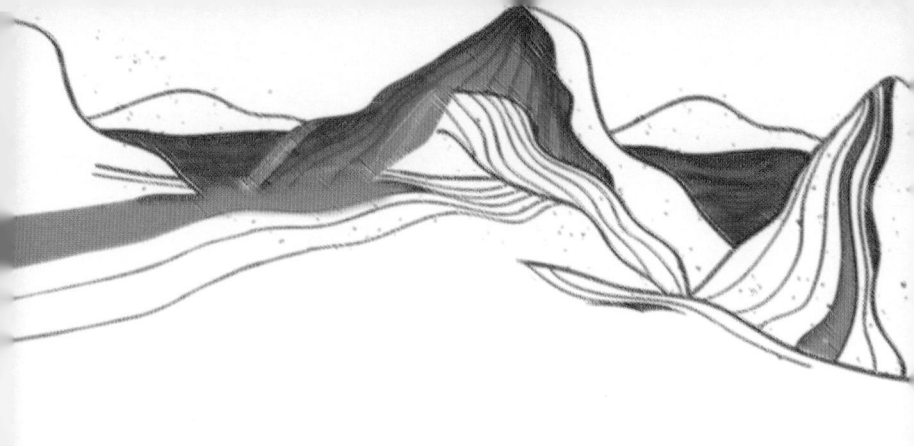

大运

木叶 著

Da Yun

时代出版传媒股份有限公司
安徽文艺出版社

图书在版编目（ＣＩＰ）数据

大运/木叶著.--合肥：安徽文艺出版社,2021.12
ISBN 978-7-5396-7398-1

Ⅰ．①大… Ⅱ．①木… Ⅲ．①诗集－中国－当代 Ⅳ．①I227

中国版本图书馆CIP数据核字(2021)第277981号

出 版 人：姚　巍
责任编辑：周　丽　　　　　　　装帧设计：徐　睿

出版发行：时代出版传媒股份有限公司　www.press-mart.com
　　　　　安徽文艺出版社　www.awpub.com
地　　址：合肥市翡翠路1118号　邮政编码：230071
营 销 部：(0551)63533889
印　　制：安徽新航向印刷有限公司　(0551)65661327

开本：880×1230　1/32　印张：7　字数：220千字
版次：2021年12月第1版
印次：2021年12月第1次印刷
定价：39.80元

（如发现印装质量问题，影响阅读，请与出版社联系调换)
版权所有，侵权必究

目录

"进城记"(代自序) 001

第一辑 水田诗章

烈风中 003

尚有争胜之心,这让我羞愧 004

云衫 005

雪景 006

碧云天 007

量子时代的鹅 009

邗沟里 010

西津渡前 011

旧州县 013

疏浚 014

"……你好么" 015

在客家屋宇中 017

县银行 018

叠加的光线 020

澉湖中 021

石头记　023

梦蝶广场所见　024

水田诗章　026

西风中，附近的银杏……　027

时空伴随者　028

南方口音　029

第二辑　活性时间

高声叫嚷　033

庚子清明述怀兼答河西山侧的乱碑　034

过零丁洋　036

道光廿五　038

岂能曰无衣……　040

饲樱　042

美学模型　044

白湖的白　045

空镜子　046

十一行　048

天上正下着没有商标的雨　049

活性时间　051

她的爱　052

我@　053

午后，非转基因的雪　054

你说……　055

乡村一夜 056

蝴蝶研究 057

原意 058

受尔（二） 059

触不可及 060

口哨 061

下班后 062

有不喜欢我的…… 063

清晨 064

亲爱的木 065

第三辑 双重往事

镜中像 069

欲重新认识江南 071

哀郢 072

二手生活 074

明月何曾 076

双重往事 078

午后 079

不语 080

短暂在外乡，大约三十二个钟头 081

从武汉到宿松 083

"窗外日迟迟" 085

人心被抚摸得很柔和…… 086

在白云鄂博　087

编辑手记　088

"知"之余　089

引体向上　091

雨后（一）　092

雨后（二）　093

写什么　094

闯入者　095

初冬　096

"万物皆有裂痕，那是光照进来的地方"　097

平面性　098

以万亿分之八十一的精度……　099

第四辑　平和之诗

江水赋格　103

乐乎有朋在茗溪茶庄　108

平和之诗　110

稻草之诗　111

冬天里　113

回答　114

雁声与玻璃墙　116

立体的暗示　118

纸杯子　119

传统序曲　121

合肥往事　122

《江城子》　124

三孝口（二）　126

历山下　128

"银泰城"广场上尚欠技巧的二胡乞讨者　130

爱情隧道：095 乡道，北，约 50 米　132

芳名　134

万有引力之虹　135

散步　137

姥山北探视诸多空房　138

芦草高过　140

第五辑　自有的逻辑

车间弯曲铜管　143

今天的逗留　144

自有的逻辑　145

到来　146

当真又能知道什么　147

雾　149

"能想到和想不到的"　151

枯叶的书法　152

依我之见，世界有八个　153

归家　155

永不见　156

绅等 157

雨中的杨絮,南熏门桥 158

遗弃 160

乒乓球馆 161

火车路过 162

宵边村 163

那是故乡飞进而出的灯光…… 164

存在的如何不是唯一的 165

在五溪的时候 166

幸福坝 167

暮色里的唐山 168

有生之年被硬生生…… 170

鸟鸣 171

第六辑 眼球保险柜

春宿左省 175

应用商店 177

换书会 178

琴声和"县级水平" 180

新的变化 181

论人之为人的诸多可能性 183

干的物质 184

乡村一夜 186

一六得六 187

湖畔看鸟　189

眼球保险柜　190

授课　192

再读张载"为天地立心，为生民立命，为往圣继绝学，为万世开太平"句　193

十日谈　194

答黄涌问（代后记）　203

"进城记"（代自序）

当代中国作家，当然也包括诗人，他个人的写作史往往就是他的"进城史"。我想这一点都不奇怪。如今人们倒是喜欢说"乡愁"、听"牧歌"、看李子柒的视频、去体验"农家乐"，然而在20世纪八九十年代，整个国家都在"进城"，谁能够逆洪流而置身于外？

不过，每个人进城的方式、时间都不一样，更何况这世上的城，大城、小城，不一而足。托我去世已经快二十年的老父亲——他老人家那时候青春英俊，正在安徽西南部的一座县城的"局"里上班——的福庇，离四岁还差两个月的时候，大清早，天刚放亮，睡眼惺忪中，我被忙碌的大人亲切叫起来，从巢湖边上的含山县乡下出发，先坐汽车到巢县，再坐火车到省城，又坐汽车，最后侧坐在一辆载重自行车的前横档上，进了一座叫作"宿松"的城，在一个大院门口被放下来，怯怯地跟着大人进了去。县城叫城关镇，简陋，一横一竖两条街，但什么都不缺，从快乐地讨饭的叫花子到威严的县革委会。多年以后，我总是回想起那儿的青松楼饭店，城关供销社无聊的后院，午后寂静而又略显荒凉的"五七"大学，上吊的国营油条铺子里看门的瘦老头，实验小学门口卖两分钱一大块洋生姜的瘪嘴老婆子，好看的圆脸女同学，县中学大操场上衣着单薄的女儿指着父亲鼻子声讨的批斗会，发迹不久家里的饭厅当中高悬"膳食可俭"四个毛笔书写的新鲜大字的涂老八……他们在有一天，忽然就齐齐地都醒了过来，混杂一起，喊叫着蜂拥着往我青春的脑壳子里挤。

无可奈何又无可争辩的，这些人、物、事在后来几乎构成了我全部写作的基石，生糙、自然，带有那个时代全部的无辜，诠释了一个外县男孩在童年和少年时期的无助、慌乱、惊异和随后的欢乐。多年以后，待我写作的生涩期过去，这些人与事又"变脸"一般，幻化出另外种种"相"，顺从地，有时候甚至是刻意地，迎合墨水和碳粉，在钢笔下或者电脑打印机不紧不慢地吐出来的纸上，逐渐显影。不过到了这个时候，我忽然悲哀地发现，它们已经被动地沦落成了某种"把戏"，如此而已。

我得承认，在我的青年时期，是"围城"的感受成为我个人写作的起点。这种感受一方面带着"为赋新词强说愁"的青春期特有的矫揉造作；另一方面，我想也意味着年轻的心灵正在急切地开张。时髦的20世纪80年代末期忽然大热并大卖的《围城》，又恰好为此作了最为生动的人生场景的铺排。那段时期，中央电视台每晚都会在黄金时段播出《围城》，开场白好像是陈道明，他用充满磁性的声音说："城里的人想出去，城外的人想冲进来，婚姻也罢，事业也罢，整个生活都似在一个围城之中，人永远逃不出这围城所给予的束缚和磨砺……"

在青春的展开期，"逃脱"和"冲出"成为严峻挑战，事关"存在，还是毁灭"。最为主要的是，这当中的吊诡对于我们这一代写作者来说，有关城市与远方的记忆和想象，首先跳跃性地从"围城"开始。也就是说，当"我们"当中的大多数人还蛰居在乡下，或者奋勇地在"进城"的路上，却并不妨碍如同听"讲古"一般趣味盎然地想象着"城""城里的"人，以及城里的"生活"，仿佛历史在这里显示了某种奇妙的春秋大梦式的"断点续传"——懵懵懂懂的我们，无论是大人还是小孩，都挤在一起看着电视里面的《霍元甲》《上海滩》，小说中的张恨水、张爱玲和来自中国台湾的琼瑶、三毛，以及半通不通的弗洛伊德、尼采，它们奇异地和我们尚处于前现代阶段的生活错接、并置，瞬间造就了几乎可以直接命名为"后现代"的心灵奇观——脚上的鞋、身上的衣是破的，身子已然迈进缤纷的台北冬季或者想象中打打杀杀的民国年间的上海，灵魂则和远方臆想中的文明做着初步而浅近的交流。脚下，除此小城之外，隐隐然另有无数座鲜活有趣的城，想来都丰富多彩。非但如此，当时年轻的我甚至敏锐地发觉，一定另有一座很"形而上"的"城"，高悬于头顶之上，离"生活"很近，又很远。

这觉醒给我带来很大的乐趣，也带来很大的惆怅。我一边在想象中骨碌碌地"城"里"城"外地打探、穿越、勘验，几乎不把它翻个底朝天誓不罢休，一边又更加嫌恶身边这座叫作"宿松"的县城，一边则思忖：怎么才能尽快进到那"城"中去呢？

说这个话的时候，二十二岁的我、曾经做过我的"财经应用文"老师兼班主任的吴忌、刘鹏程以及和在今年新冠疫情时节因为癌症已然作古的邓声恒，四个人，正躺在安庆港附近的江防大堤上面，有一句无一句地闲扯着。夜已经很深，江面上不时传来几声汽笛。如果那时候恰好有江豚，它们幽蓝的眼珠会不会远远浮游着，航标灯一样挑逗我们茫然的眼神呢？那是国庆节三天假期当中的一天，已经忘记了是谁提议，反正是被诗歌与远方激励得浑身发抖的我们，一拍即合，坐上客车去找安庆的沈天鸿，他是空间距离上除桐城的陈所巨外离我们最近、声名也最盛的诗人。鹏程那时候正以唯美的、乡村的抒情散章，冲击着同时也迷惑着我；吴忌除了关注日常，目光显然投射得要远一些，正在构思组诗《大中国寓言》，此前我已经先睹为快地看过其中的部分诗章。但说实话，这些都不能让我满意。在我隐隐的心中，这些文字美则美矣，深则深矣，与此在的生活究竟何干？说来巧，在报社，沈天鸿那天正好值班，我们得以叙谈了小半天。现在，江防大堤上面，邓声恒正在畅叙他据说很讨女同学喜欢的师大往事;我眼望忙碌的、因为夜色而模糊的行人、汽车,心想沈天鸿的诗歌看起来与此时此地粗糙的生活的关联也不大啊,比如他的《秋水》,但为何语句当中就能溢出一种难以言表的吸引,恍若"在"与"此在"因一种巨大的磁力,咬合在一起,闷声闷气?

百思不得其解。江水滔滔。邓声恒的话题已经滑过好几个台阶了,此刻他正老到地说:"从右边拐过去,走进一条巷子,再往下,就是安庆棉纺厂。"说的时候,语气轻佻而又暧昧,宛若那些穿着制服、蒙上口罩的女工正在身边穿梭,跳舞一般纺着纱。1992年的棉纺厂,纺纱机沙沙如雨,经济蒸蒸日上。这些我们都听得见,也看得到。不过,等到天亮时分,我们四个人因为一夜几乎未眠,又一同昏昏沉沉地坐上班车,回宿松去了。

就这样,仿佛在一瞬间,乡下,包括县城,曾经的一切都让人觉得那么不可忍受。我急切想洗去"泥土气",好包装出更大的斯文。是的,就是"斯文",那是我很小的时候几乎是天然萌生出的向往。对于很早就已经离开乡下、进了"小城"的我来说,日益增长的感受是县城具有着与乡村无几区别的"泥土气",是县城热气哄哄的人情味道、处事规则,甚至包括它笨拙又假里假气的"浪漫",蘸着满满的粗俗和简陋。这与我心目中的远方显然不能同日而语。现在回想起来,究其实质,不过是我作为一个个体的人,对于国家要实现四个"现代化"的一份青春气的信托,也是对于所谓的"现代性"并无切实根据的玄想,毕竟"纸上得来终觉浅"。但事实上确实如此,在当时,整个国家、一个时代都在"进城"。

青年人热血易上头,神摇目眩。从安庆回来后,我决定去远方,我要投奔"围城"。在合肥,乡党祝凤鸣热情地招待我,一起逛了这城市里几乎所有的书店。有的书店既小又偏僻,而且灰尘四落,但让人振奋。在某家书店里,我第一次结识里尔克;而在另外一家书店里,我窥视着卡瓦菲斯和奥顿,兼及 D. H.

劳伦斯的《查泰莱夫人的情人》和J.乔伊斯的《尤利西斯》……在新华社老旧的办公大楼里面,青年陈先发神色徐徐地和我与祝凤鸣说着拉美魔幻现实主义的来源,说着各种各样稀奇古怪的前世和通灵故事,仿佛无数只墨西哥无尾蝙蝠此刻正在楼道里翻飞。此刻,这城市里热闹中的安静气息深深地吸引了我。

跌跌撞撞,有时结伴而走,有时孤身一人。青年歌德的魏玛小城里,在那儿,我曾尝试和墨菲斯特做简短的交流,尤其是兴奋地谈及令人神往的"永恒的女性",但估计彼此都不知所云;卡夫卡看似坚不可摧又暮气沉沉的城堡门口,就着马铃薯块和苦艾酒,我和苦闷的土地测量员K深入讨论过一只甲壳虫的体重与爬行速度的反比关系,但最终不甚了了,谁也说服不了谁……终究彼城非此城。斯时,祝凤鸣正在拍摄纪录片《我的小学》,陈先发则隐秘地写作他的《黑池坝笔记》,张岩松还在炒股,再等几年,他将重携他的后现代写作凌厉归来。我新结识的朋友张劲松,此前在福建的一座城市里经商,幡然悔悟,回到故乡县城,说要接着写诗。

时光荏苒,等到我最终在一座城市里坐定,感受它略含霾味的呼吸,已经是很多年以后的事情了。此时,很多人都在兴高采烈地谋划出"城"、回归"乡"下。"经济"抛给"社会"一个巨大的"反讽"式的媚眼,让人感觉到这世上无一物不是"不可承受的轻"。回想这么多年来,整整一代人伪装出一副蝴蝶的斑斓模样,从田野出发,不断进"城",继而出"城",确实壮观,令人感慨。只是无论"进"和"出",都何曾出自本心?面对"时代"的宽容责问,至少我个人的写作是可疑的。

回望"含山"或者"宿松",我迷失了太久。

二〇二〇年八月十七日

第一辑
水田诗章

烈风中

裂开的

风中,露出小镇、河湾、林木和浆洗的妇人。大运尚待转折,
 麦田
盛开,稀稀落落;

南船与北马,盛开,起起伏伏。

它们构成行将过去的时代。烈风终有一枯。漕运萎缩,
运河中

大鱼和小鱼被鼓动着跃

出水面。
源于体内的惊慌,它们竞相飞入天上,跌落云中,得以观看

种类无穷的风。

二〇二一年一月十八日

尚有争胜之心,这让我羞愧

> 艺术的肇始无须等待人类。
> ——德勒兹、加塔利:《千高原》,第三二〇页

终于坐到近前,
新鲜鹅肝,红橘子,青天的蓝花翎。

从"无"逐渐变出"有",——指的是挂在客厅墙壁上的数字
　电视里层出不穷的画面。

尚有争胜之心……这块手机敲击另一块手机。最终"胜"出
　的,是哪一块
同样出自"触摸"的显示屏?

……当充塞进胃,落日蓬松在"鑫拓大厦"顶层,

大厦内外,令人窒息的,缓慢、近乎"永动"的
"上班"和"下班",让戴着口罩、身材臃肿的保安,明了,
　他也不过是

它被迫而必需的食物。

二〇二一年六月二十六日

云衫

明知"飞"只是
"动"之一种,

仍秉承祖训,在四顶山孜孜不倦地制造

"彩云之衫"。白雾涌上来。众鸟拢过来。众人挤过来。命运
　　如鸟粪落下来。
虚中的"动"开始

嘎嘎运转:

你们唱诵。你们打忏。你们彩排。姑允都暂穿上
各自的"云衫"。

二〇二一年八月三十日

雪景

"我要吃雪

糕。"显然是幻觉。"谁生产的?""老字号。我还有一件没穿
过的新棉袄。"
她身着红色滑雪衫,

从空中

疾步走过。"哦,下面,是无数的'我'后之'我',在飘飞,
前后相继,赶着去'堆积'。"

"我要吃雪糕。"谁能一直赖在童年和少年?

冬天来了,全部过往已恍若
被遗弃的战场,找不着一丝生活,

一层故乡。

她轻声对那个嚷着要吃雪糕的孩子说:"天上,月亮和太阳上,
我的红色滑雪衫上,雪糕排着队,

正等待融化。"

二〇二〇年十二月四日

碧云天

一不小心就跌进"想"的状态，仿佛安心于泥潭

是我枯燥生涯的全部。"太滑了，这些流
云，始终在稳定地

变化。""太滑了，我是

说，昔日淮安府衙的下午，青年窦娥的血，红湿湿的，
滴滴沥沥，蜿蜒

流入左边偏门后的古代酷刑博物馆。"

……在流畅的讲解
之后，我必将愉快地告别江苏省，

就像还会愉快地告别朋友在一处叫作"玉玲珑"的地方设下
  的晚宴，

虽然席间菜肴目前尚和我一同
深陷泥潭之中，

等待净身。

我和你坐在广口玻璃瓶里,仰起头,
碧云的天,舒缓地,正倾倒出它酝酿自元代末年的矿泉水。

二〇二〇年九月七日

量子时代的鹅

这湖

实际上尚待开挖,
连同近处的"天鹅湖大酒店",也尚未建筑。

一片连着一片,

岗地上,
土色和绿色交织。

那人久立不动,忽然号哭:

"我即将被抠走的
眼睛,今日终于得偿——"

一只黑天鹅,摇摇摆摆地,落单在湖心当中。

二〇二〇年十月三十日

邗沟里

众蝴蝶正从邗沟底下纷纷溢出。

"真没想到,世界如今变得这么壮观!"她们
缭绕四周。

秋天了,高低不平的荷秆

撑出
奇怪的图案。

那是正在建造的"大运河博物馆"的草图。
风吹乱岸边的游人。

"是新晋的'网红',轻佻的采'风'客。比如他正拿着手机
　拍照,

拍一次,眼见就心乱一次;
看,那么多年过去了,为何这一只蝴蝶,

还在边哭边飞?……"

二〇二〇年十一月十三日

西津渡前

西津渡

在古代和近代的诗词里荡秋千,自以为"优雅";它完全不
 知道
长江的大堤

也会猛烈地左右摇摆不定。

对面是扬州的
瓜州。我曾在那里贩卖渔具、赝品的珠宝,也曾眼见

嘚嘚的枣褐色马蹄声

在渡口前逐渐枯萎下去。哭声太普通了,就像
少年时期对邻家女孩使过坏的

孙富①

一样,随岁月的衰减,毫无意义。
义渡局同样。

---

① 孙富,见明朝冯梦龙编著的《警世通言》当中的《杜十
娘怒沉百宝箱》。

大睁着眼睛,

我注视着镇江博物馆三楼展厅里,一幅元画上面近乎谄媚的
"小团圆"。
——窗外,那些"旧居",

摆弄在翻修后的大街上,

任由人
进的进,出的出。

二〇二〇年十一月十八日

旧州县

从运河深处浮出来的旧州县，绛红色，络绎相连

赶赴京城。
生活曾

稠如桐油，反复刷在州县寒碜的城墙上。

地方
特色，

有时候无非就是嫩豆腐、圆炊饼和赤黄的长鱼，

或淌出蟹黄的包子。
落日里，大运河拴住旧州县，络绎相连

递解往京城，

远看像一艘艘欲倾颓的船。
最终的辽阔，一如大运河的开凿，是自然的，也是人工的。

二〇二一年一月十八日

疏浚

河边的苇丛里,上村年轻的

下派干部,"扶贫队长",坐在一方石头上。我问,大清早在
　　这儿干什么?瞧,露水
都打湿了一身。

他不熟练地抽着烟,苦恼地应:"我来问你,

卢家洼整体搬迁,
究竟算不算一件大好事?"

"还真不能一概而论。万事都得疏浚,包括

人心。你就说,哪一滴露珠当中没有它自己的独特心愿?哪
　　一处
小旋涡下面,

不都有难以尽诉的磕磕绊绊?"

二〇二一年一月十八日

"……你好么"[1]

星辰即将布满。你应

更热爱六月和五月,
热爱哑巴和石头,热爱高铁和村里高涨的春节联欢。

犹记,收到前朝皇帝回复的

短信:"……你好么?"大学士、河道总督张鹏翮,斯日神情悠然,
的确"甚好"。那一年,清口镇的五月和六月

风日徐徐,无涝无灾。

……曾多么热爱这些让人欲哭的历史,
像热爱五月和六月那样,

像活过好几辈子那样。

"……你好么?""如今我更愿热爱哑巴和石头,热爱高铁和村里高涨的春节联欢,

---

[1] 淮安市河道总督衙门博物馆藏张鹏翮奏安折影印件,康熙在折上朱批七字:"朕体甚安,你好么?"

和复原后的'河道衙门'外的日常。"

二〇二一年一月十八日

在客家屋宇中

祖国长年慎独于此,安稳如品德。

屋瓦层层叠叠,若老母亲曾有的发髻,一丝不苟,
让你触摸到柔软的

体温和遥远的客家。

"不再热衷于奔波和旅游就好了。"你暗想,
这古老

的洁癖,如不仔细修缮,渐渐也将失传。

二〇一七年八月一日
二〇二一年五月二十五日改

县银行

在县银行,我曾取出过八百头豹子,

从"她"的手中。那时她年轻,穿工整的制服,面目清秀,恍若

豹子都是她所孕出

般得意,又故作平静。"金库"
在狭小的楼梯口后。看起来欢喜的、大大小小的豹子

扑上来的时候,

各有程度不等的伤残。但槭树,清晨,阳光扑下来之前,伤残得也很厉害。

闰六月,四层楼的银行孤零零

立在县城,如单腿的鹤。"还在营业,"
"她"抬起头,说,"再比如这些豹子吧,你数一数,

'我'

究竟是从何时转变出'性',

和'性别'的?"

二〇二一年五月二十二日

叠加的光线

那么多"一枝黄花"①，暴涨如霜降节前纷纷的股票，

挤在一起。商玉客栈外面，
炫目得如同幻景。

庭院里，桂花树、柿子树、枣子树、橘子树，结着花或果实，
　安安静静生长。

稻田上下，天空和大地，如果依照农历，并不见两样。
哦，已被谁持有，

这热烈的、鸟鸣的抒情，这"一枝黄花"的燃烧。

二〇二一年十月三十一日

---

① 一枝黄花：外来物种。

澂湖中

他们都找我要湖。他们不知道,湖

始于自我构成,
湖水

涌出如无尽的人。干宝曾将他们一一搜罗。无尽的当代性,

曾于1516年的中秋夜短暂停顿,留下
许相卿、徐泰……

此后湖水数度暴涨,传闻以1776年为最,

鸟鸣飞白般
近三百年络绎不绝。

今天下午四点钟的时候,水中的鱼是否曾暗中彼此辩难

形状各有细微不同的鳍和鳞,
对于湖何以为湖曾起过短暂

骚乱?不然,我和晓明、沈苇、喜阳、陈莫、倪苡经过的
　瞬间,

梨花不应该不守规则地开放，一尾白鱼
也不应该从水下

脱然跃出。

二〇二一年十月三十日

石头记

过于庞大生硬，却能

以圆润示人，
让你惧于

人间终归不可信。明与暗共生，虚拟种种的渺小与无穷。

林中树枝摇曳，因一层
薄霜般已冷凝、未冷凝、将冷凝的往事？

在难舍难依中相拥相斥，

白昼耗尽如粉尘。
窗外高空，

石头始终在缓慢移动，轻易不可察。

唯有紧紧定住，
才能稍微不致失去重心，面对呼啸中辐射四散的

野蛮引力。

二〇二一年九月二十一日，辛丑中秋

梦蝶广场^①所见

广场正中央

那扇演绎"无"的巨幅彩色屏风,让她突然失了气力。他
  催促:
"手不能慢……"

一支叫《梁祝》的萨克斯音乐倏然动起来。

"打过
疫苗了吧?""是哦……"

八月十六日夜,月光充沛

如本地少妇。另一个她停稳电瓶车,跟上节奏,
涂唇膏,

迅速脱身为轻松的蝴蝶。

……灯光烂醉在暗中,
数株移植过来还不太久的槭树左上侧,丧失陌生感的月亮

---

① 在安徽蒙城县。蒙城为庄子故里。

看起来并未下定决心,

是否将不再与
到此一游、诸有交织的我,为友。

二〇二一年九月二十二日,蒙城

水田诗章

　　　　昔我往矣,日月方除,水田如镜。
　　　　　　　　　　　　　　——作者

老鹰在飞,

黑夜里,水田之上,鹰在飞,童年在飞,
老鹰的眼睛在飞,

——终于能够把自己飞成风筝,面向水田,断断续续。

我想去湖南,
在高亢的风中。

　　　　　　　　　二〇二一年十一月七日

西风中,附近的银杏……

你认真听,

这满树的银杏树叶,不可抑止地彼此呼唤,
多孤单。

一枚、又一枚,在同一中费力辨认

各自有限的不同。最终都
落下来——被迫依次经历的春天、夏天和秋天,此刻终于交织
  在一起。

二〇二一年十一月八日

时空伴随者

迟疑的刹那

伴随他的会是街口略带烧烤味的空气吗?高速的
生活,在低空中

摇摆,去的去,来的来。

慢镜头般掠过,
一帧帧模糊的时空。我终将不得不退回到

如从未和你遇见。

二〇二一年十一月十四日

南方口音

她的舌底飞快钻出带露水的桑树条、蟋蟀、豌豆荚、黄蒿和
　斑鸠。
踩在一蓬石斛上，

数只幼蛙。细嫩的舌面因承受不稳

而微微打战。
因为是阴天，苔色连绵。

因为是上午，傍晚时分才会出现的啵嘴、恋爱、对弈与没来由
　的重归于好尚未到来。
仔细看过去：

长满了"意义"。

泥泞相互踢踏，乱草拥挤脚下。
梅雨时节，南方的雨下得太多。他在想，是否就是因为这，
　导致

此地的口音过于潮湿。

二〇二一年六月十五日

第二辑
活性时间

高声叫嚷

她不断递出"事件"——

波动,不稳定,如
装订错乱的古典主义小说,没有头绪。图书馆里,她在不同寻
　常地

高声叫嚷:

"谁爱看啊?如有可能,我愿
重新做回一根竹子。"

我听见"咔嚓咔嚓"

竹笋被轻快地
细细剁碎的声音,在隔壁"食为先"酒店的后厨。

叫嚷声

逐渐低下去,变成嘟哝。直到这时,管理员才严肃地走了
　过来,
看着她。

二〇二一年三月十一日

庚子清明述怀兼答河西山侧的乱碑

每年都会到访一次,每次来,会带上酒、苹果、糕点

借此熟练地掰开
碑石

查看它褐色的内部

一年来的破损状况。萦绕此地
迷乱的暮春气息中,偶有类似苍蝇、但体型比它要小的飞虫,

四处停驻,看不出目的。

悲伤很罕见,甚至可以说,整个上午我都没有见着。夹心巧克
　力,面包,家族聚会
的喧哗(以往

那些鸡零狗碎,一不小心就撒落在走出墓园的路上,

像小飞虫一样)看吧,家家都和气,
枝头,含苞待放的粉尘

在为我所熟悉的配方

调和下，相继变成正在交谈中的言语，无论是争吵，还是鸟鸣。

二〇二〇年四月十日

过零丁洋

往来零丁洋,以前主要是

千百年来栖居此地的渔民、旅人、拘拿人犯的军警和行政的
　官吏。
四处漂浮

小小的欢乐和与天气有关的哀愁。

从正在生发嫩叶的红树林梢望过去,漂浮着广深沿江高速,漂
　浮着我、国华与徐东。
散漫的"时间"

凝聚成三个人的"上午"。

也是那条高速和一架缓缓降落中的飞机的"上午"。"这么一
　块水域,古人
为何要给它起这么凄凉的名称?"

然而并没有聊到文天祥。在复原的固戍码头,

码放着整整齐齐的"形式",让我看到折叠得整整齐齐的"深
　圳"。也许
没有人不梦想征服

时间。江水与海水汇聚于此,哗哗啦啦地,轰动,应和着疾驰的地铁与掠过的飞机。

二〇一九年二月二十五日

道光廿五

道光廿五年前后
失踪的那些人口

的黑白照片,会等来酒液浊黄的显影吗?

再说我就要哭了,
……我也曾试着一个字、一个字地,细读前一年刚订下的《望厦条约》,

也曾背起斗笠,欲去京城。

到处都是混乱,
如自称"拜上帝会"的一众人,广西乡下,一边切猪菜,

一边给邻居做精神治疗,

一边磨刀。此后
人口不断萎缩,骨骸投入酒池。

我把上述史料背诵给我父亲听,是在公元二〇〇二年十二月的芜湖,

弋矶山医院,刚从麻醉中醒来,刀口

仍在剧烈地安抚他。

说是鳞癌。

说手术很成功。饭店里,微醺中的医生叫我再上一瓶道光廿五。

二〇二一年八月十一日

岂能曰无衣……

日光下,前几天忽然披洒而下的满天大雪,现在多安静,
挤在街区的角落里,好像在流泪。

喇叭里放出来的声音,很孤单。

布洛芬或对乙酰氨基酚多么可爱。
粉红色的悬浊液。

请问,你回收来的这些诗

看起来那么邋遢。它们曾经全都是实名的吗,为何
执意要争相挤对那门槛?

"妈妈,妈妈妈妈……"

如同前天的雪,堆在街口,
应当还有内在的温暖。

封闭的,安静的太湖路支巷,

几个戴红袖章的人,一个是女的,站着,低头,滑动手掌中的
　智能手机;
另外两个坐着。

防疫的喇叭在孤单地叫喊。

二〇二〇年二月十八日

饲樱

没有一朵樱花
可以不去舍身饲摄像头。晃晃的，一大群，

城里来的手机。

一大群，游客。坐白色面包车。樱花。樱花你可爱的家，在
　哪里？
胖瘦高矮都不一致的游客。

樱花，单瓣与复瓣的樱花，红色和白色的樱花，

各自趴在枝叶开张的樱花树上。
我们在面包车中。

面包车是白老虎，蹿起来，要吃尽雨水淋淋，

也要吃尽滚落一地的阳光。
樱花。紧抱在一起的樱花。撒落下来的樱花。速生的樱花。
　不会

掼蛋更不会流泪的樱花。

在"今天"的最外围，

长丰县义井镇,绵延近五千亩的苗圃里,我真欲舍身饲樱花。

二〇二一年三月三日

美学模型

依据你的方向和速度
展开的公交车,慢吞吞开往"大剧院",坐落于天鹅湖畔。

问起"天鹅湖"时,

天色正明亮:"哦,你说的人工湖啊……"
异质空间仅仅

闪现了一小会的柠檬色,即归于湮没。

——那"空间"中曾有无穷的热情和懊恼,
让我无数次想过"返回"和

"跳跃",假装伸出左腿,绊倒瘦高个子

美术教师黑板上画出的,明显极其无聊的几个兴致勃勃的小
　人儿。
我戴上抢来的帽子,陪着公交车

继续奔跑……

二〇二一年三月七日

白湖的白

白湖的坩埚里,

颠簸着公安分局的詹警官,
偶见高高的鸟巢,

在林木和屋梁之上。它们混合出一种难言的白,

在湖底。"湖水早在 1953 年就已经退去,剩余的这些,
是苏联人留下来的。"

行人几乎没有。"曾经到处都是鱼。"

岩松和我一起看稻田、野生的油菜花,"嗯,确实是
春天,这些绿色

还会在微火下逐渐泛出好看的白灰色"。

二〇二〇年四月十二日

空镜子

清晨。天空。

一面巨大镜子
瓦蓝色的背面。会把她折射到哪里去?

我所涂抹出来的

她漫长的家庭妇女生活,已经被抒情小说的陈旧泡沫
完全不正确地淹没。

(你知道,厨房

里至今仍充斥大量的色情,如红色的胡萝卜
喜欢倒在芹菜的脚踝骨上;女主人公系上蓝色的围腰,

弯身沥出黑气嘘嘘

的酱油)"教育无他,唯
爱与榜样。"还是那个女主人公,深深叹了一口气,打开窗帘,
　喃喃地,

目光对着一张婴儿床。

生活的尺寸完全更改,从"哭"、张嘴要动物园里的"巨型蜥
　蜴",
到"得不到",

到自如地撒尿。

她松弛的臀部慢慢地
挤进镜子。
二〇二〇年四月三十日

十一行
——悼劲松,凤鸣,声恒

素数都是孤独的。

终于分属彼此不触及的朝代。这些名字依旧在酣梦中
磨石头:劲松,凤鸣,声恒……

"也是形势所迫。此去将只得独自一人采摘、捉蝴蝶、玩弄松
　散的鞋带,
发布无人可见的公众号。"

"他"仍在熟练地使用方言。

显然,对于已成之诗,当任意一个字和词
从米酒、啤酒或红酒的尖叫中

沉淀出去,都是酒之为酒并不多余的杂质。
"兴致高涨时,也曾合伙上山打同一条老虎。那时,有名有姓
　的官府依次排开,可你

们为何就急着跻身十一行?"

二〇二〇年五月二十一日

天上正下着没有商标的雨

秋天很深的冷
笼在树荫

下,团得紧密。园艺工人在耐心地给香樟树刷石灰水。(但你
看不见)

借助"感受"——不可靠得
像情人的手。

窗外

开始下雨。雨滴
自上而下,井然有序地,撞着。

"我说,你就是你的商标……"

"嗯,我早就想改行了,想去商标局上上班,那里
很清闲,可以随意写写画画……"

雨落下来

一小会工夫后,胡乱贴着"今天下午""合肥""真石资本"
的标志的

时间,将被免费转让给

一群人,他们聚在一起,溶化出三个多"小时",

被标注为
"中秋诗会"。

二〇二〇年十一月一日

活性时间

冠状的吸盘,紧紧咬住
太阳,星星,月亮。果然不出你的预料,为了活命,

"现实"

火球般耀眼。右手边,平庸的
绿色已铺满。红色已铺满。白色也将开始

铺满,以证明

时间的活性。已逝之物,它干枯的本质
在某个机缘下,

回来的速度之快,分蘖速度之快,

让所有"人"都为此瞠目结舌。大团大团的"爱情""公共汽
　车",
漂浮着,

"时间"漂浮着。

二〇二〇年四月二十日

她的爱

"爱是最小的共产主义"。面对一摊冰凉的残片,她

并不甘心地
承认:"那些只不过是去年冬天遗留的指纹。"

废弃的院墙里面,膨胀出

蜘蛛网、烟蒂、高跟鞋、破碎的镜子,
还有去年冬天的雪。

一层又一层的指纹覆盖它们。

我确实见过变质的梅花,就像你
苍白的脸,吐着"我的,我的爱……"

这些无意义的呻吟。我还记得你曾说过,"爱是最小的共产主
  义"。

此刻,知了在树枝上鸣叫,仿佛
单调的雪花,

一阵阵地。直到我听见了你的牙齿打战的声音。

二〇二〇年五月十八日

我@

解压阀是铁铸的,底下有铅笔潦草的签名:"□□
常所用"。

当被打开,嘶嘶的气流

灌入彩色的气球,飞上高枝,
孩子们在里面吹唢呐、躲迷藏、撒野、娶嫁。

黄鼠狼出入其中。

哦万物的负压舱里,春天陷得太深,
如何去伸展?

哦我绝非模糊不清的尺度,虽然在膨胀中,经常被微微压低。

二〇二〇年四月十一日

午后,非转基因的雪

……雪
在撞墙、撞树、撞车,也撞

跌跌撞撞行走

中的人。午后的雪真大,城市变成了少年时期对着空空荡荡的
　会议室
无声地说"再见"的黑白电视机。

像秘密翻新后,因为争吵激烈不得不分开的

高仿棉花团,雪被四处乱扔。此雪从此任你吃,此雪从此任你
　堆。此雪微小的肺泡中
卡着尘世的核,

让你的脸咳得通红,宛如在雪前刚刚谈过一场恋爱。

万事终如常,不会让你看出
有何异样。

微寒的风中,雪在没有任何预兆地,撞树、撞车、撞人、
　撞墙。

二〇二〇年十二月六日

你说……

哈欠连天的眼睛和鼻子,
快速地自动化。

但这部作品的主人公从未自动出生,自动走向

病床。浓烟滚滚的好日子。飘散。
城市的金融沼泽里,

——那些正在做买卖的人,

对着蹲在他们心口的老虎机,边讨价还价,边
唱,"断竹,续竹,飞土,逐肉",

再把舌尖咬破,再狠劲踩下油门,

终于把这辆汽车煮熟。
啃啮它,尚需要另外一些激情满怀的人。

二〇一七年十月三十日

乡村一夜

墙面上,《爨宝子》的"爨"字,转用于此,究竟
何意?持续的

凝视,让屋檐边月色上升的步履渐渐迟缓。

牌局仍在夹杂着抱怨中起伏,
四个人,全然不顾及光阴在此刻真切的流逝。

翻新的村庄里,陈旧的哲学、小说

以及精准的时代细节,一直都在
那个行走的中年女人身上袅袅婷婷,迟迟不愿从你被

一口喝干的酒杯中再溢出来。

二〇一七年十一月四日
二〇二一年五月二十五日改定

蝴蝶研究

微苦的香气

散开来。秋天已深了,
远处,

湖水正在做呼啸前的最后准备。

枯去的叶蝶被城里来的人们捡起来,贴在嘴唇边薄薄地吹奏。
你看见众蝴蝶边惊悸,

边流泪。

二〇二一年十一月二日

原意

为何始终都在冷凝中,

这旧时代的烧灼伤?过于喧嚣的夜晚,月亮不可避免地耗散在
　人行天桥下面
刹车般刺眼的四处灯光里。

二〇二一年九月二十六日

受尔（二）

沉寂

如泥地里无用的铜短剑。古歌中跳舞："载受载尔，
爱得桃枝。"

忆及往昔，亲见微微压低的数根桃枝，既缺购房的首付，也乏
　出众的才艺，

空摇摆。曾轻声问，
桃枝桃枝，

何为确可省察的自受之"身"？

二〇二一年七月一日

触不可及

苏醒后,

"时间"就此多余……木马
旋转开来,隔着玻璃门,可以看见爆米花正在"指引"的

指引下快速膨化。

人为的光阴耗散你和我同样丰富得
难以察觉的情感与血。

二〇二一年十一月十五日

口哨

中午翻过的诗集已起褶皱,
天上将不再有"粒子"、羽毛的反光和银杏树枝被送下来。防
　范病毒的

街口,有人在吹口哨,凌厉地

穿过我的耳膜后,
衰减为厨房里的松软气息。

二〇二一年十一月十六日

下班后

"下班"插在"昨日之我"前面。小区门口,生鲜

超市里另有一个"我"正购买黄牛肉、青椒、未熟透的草莓,
 并注意到"他""顺便"抚摸
了一下"物"之中的,颗颗

滚圆的、"本来的心"。

二〇二一年十一月十六日

有不喜欢我的……

如：

无患子，它血和肉
的药用，已远胜俗常所言，菩萨曾经的"人"或"生"。

——有何意义可言

古典已消耗殆尽。我忽然心疼地想，
实际和我一样，

都不见容

这快速移动的
商业衡量的人生，

哪怕我只是想离开"无患子"，离开你见过的、种种"人"的
"虚荣心"。

二〇二一年十一月十七日

清晨

这人间如水瓢,

把整个小区包括外面的街道都舀起来,晃荡着。小时候赖床
　一般,
你不肯动。

二〇二一年十一月十七日

亲爱的木

愿世界上的人们

都懂得相互给予,
如一首诗当中的语词会心甘情愿地嵌入另一首,毫不动摇,最
　终稳稳当当

定型,

比如"木"。过一会儿,天就要亮了,
此刻眨眼的星

将永远眨眼,将见证围绕的路灯

安静地
一盏一盏熄灭。

二〇二一年十一月十六日

第三辑
双重往事

镜中像

终于寻找到

一个好的题材：三根半枯的树枝，三个叶芽，三个花苞。置于
　棱镜中。
这是做作。

现在放进水里：

清的水，浊的水，江水、河水、井水与海水，
春天会是这个样子吗？

老式的棱镜，大模大样，

迈着夸张的步子，超市里，车站里，机场里。
轰鸣中，像，

层层叠叠。

它们以压扁彼此为乐。
咦！七八岁的童年，集贸市场

忽然转来了很多手艺人，南腔北调，玩杂耍，卖稀奇古怪的玩
　具和吃食，乞讨，有的

还居然
壮着胆子，倚疯带邪，调戏

人武部院子里出来看热闹的县上女人。

二〇一九年三月四日

欲重新认识江南

数个（根）"点""线"，摇摆不定的"面"，春风里，
海绵猛吸

绿色的液体。

（可组成什么？物质不可胜数，农历正月的下午不可胜数，匆
　忙中的行人
不可胜数。）

一切必将膨胀开

从雨水中。今天下午还看到，几个大人，带着几个孩子，
隔着"烟波浩渺"。

柳枝静静胀破它去年的皱皮。

二〇一九年三月十六日

哀郢

所哀之郢,隐隐然城中之村,叫王下份,叫东新庄,叫探矿厂
　宿舍,或者叫小余岗。

如迸开的肥皂泡,起先的纷乱中
互相避让,

最终安静下来,都戴上了口罩。

有人在大声叫嚷:
"出门即是深渊……"

空气、饮用水和食物相连的,

具体的"人",
隔空推搡,不肯再行走。

在"接触"中,

你会和我就此彻底互相否定?九十多天来,雨雪之上,
红日西落东升,变动不居,照彻

股市和期货的暗淡。

它应当从未想
过要和我们的生活"脱钩"。

所哀之郢,隐隐然村中之城,叫汉口,叫纽约,叫新加坡,或
　者叫里约热内卢。

二〇二〇年四月二十二日

二手生活

穿梭在地产商、发布会、"全马",以及"他"之间,忙碌个
　不停的
生活,瘫在地上。

说生活"瘫在地上",不准确,

就像赞美"他"所生产的纸杯,也不准确,因为"他"从未
　使用过,
"纸杯状的生活",并未存在过。

"'地上',好平台!""他"忽然兴奋

起来。(我忘记了)是在僵硬的公司中,还是在稀软的约会
　中。生活未必
苛刻得和我的电子笔记本一样。来,给它

套上制服。

套上制服的"生活",
冰激凌一样滴滴答答。

"都给你吧,就该是冰激凌,你随便尝。"

心情好转后,"他"接着说,"不过得先讲好,只能租给你,
　　不像你们这些诗人,可以随心所欲,
我无法设定保鲜期。"

二○二○年十二月二日

明月何曾

从毛玻璃的这一面看过去,黄鹤楼穿着
浅白色的睡衣和睡裤,

半梦半醒。

几个月来,它看见了什么?
在有时是雨,有时是雪,有时又是无任何理由的气温飙升中,
　集体的眺望

本应如洞庭湖的月色般浑朴饱满。

年迈的黄鹤,
在高空跳舞。

人们后来说,它在演示。高铁停驶前,

那么多无辜的肺,赤着脚,
艰难地冲出家门。

诸不可见者,仍将不可见,

若广大的粒子,若黄鹤楼逐光而去的时日。四月将尽,
正前方,大桥下面浩荡的江水,吞吐,

无所住。

二〇二〇年四月二十二日

双重往事

她回头,的确"粲然"。她甩了甩

的确又粗、又亮的辫子。光线多好……这细节开始游移着
悬停于墙上

相片中。那一年她十七岁,

阳光灼热。黄昏时分,枝头燃烧如细铁丝,钵中微颤的
杜鹃花叶,坐立不安。

另一个"她"即将置于"未"来的

陈年案卷中。
"调戏、滋事。"蓝色墨水的字迹又枯、又淡。

"……正收第二网。几个

待业知青,搬运站的。刚卸完货,
先是电影院,后来在林场里游荡,天都黑透了……"墙上的
　相片

挂了这么多年,还在笑。我想会多空洞。

二○二一年二月十九日

午后

看似自由的舞蹈中,

几种金属的离子
正困于彼此间些微的厌倦,不能动弹。最下面

摆满制作出来的商品。很可惜交易的"时间"慢慢变暗,黄
　昏即将到来。

居中,横七竖八,芝麻、蚂蚁,蚂蚁、芝麻,
它们立起来,上下打孔,

想钻出这个下午。

二〇二一年二月十九日

不语

据说是远在不知何处的他家乡,还在断续打听他曾被祝福的青
　　年和少年。

一阵风吹过。拥挤的空间
嗡嗡作响。

庭院当中,阳光倾泻,如水银;警察穿梭,

破碎的灯泡随处可见。前天傍晚,
他散步的时候,看起来很谦和,和我

打招呼,顿了顿,

问孩子在哪上学,什么专业,
说就要退休了,清闲下来,和我一起练毛笔字。

完全没有想到,

他瞬间就钻进了小区里那棵粗壮的香樟树,从此和整个世界
躲起迷藏。

二〇一七年七月二十日

短暂在外乡,大约三十二个钟头

现在所说的"外乡",是舒城,

它们真热情,这广大的秩序,不由得不让人心生和悦:
油菜花,发展乡村经济的栗树林。

清明的雨水,丰茂。——掏出的身份证

自认为解决了"我已是谁"的问题;宾馆门前,大巴车摁响
　喇叭,费劲地告诉:
"从哪里来",

"到哪里去",让人无端地悲伤。

一个叫文翁的人的纪念馆,也在反复地说。对于暂时还在
逗留中的、外乡的三十二个钟头,我表示了

力所能及的顺从和尊重。第十九个钟头来临,

已是清晨,
红日涌起于"加油站"的东边。大堂里

善意的起哄中，我尽量不引人注意地站回"你们"身边。

二〇一九年四月三日
二〇一九年六月十四日改定

从武汉到宿松

他是否也将"吾日三省吾身"?不知。历史
总是败给细枝末节。温泉关前的长跑,

已无意义。"大流士驾崩,阿尔塔泽西斯立为国王……"我购
　买的《长征记》① 当中,
夹有两张 1995 年参观武汉长江大桥的纸券,定价五角,

"实际上,不多日子之前,你们在诸神保佑之下
攻打比你们多若干倍的波斯人的后裔,并取得胜利。"年轻的
　色诺芬

边总结、边鼓动。另外的页码之间是黄鹤楼的门票,哦,武
　汉,哦不,遥远的
古希腊,当雅典的雇佣军充满势利地卓越行军的时候,

我在黄鹤楼上闻到一丝腐朽的气息,江的对岸,
是一座日用化工厂奇高的烟囱,

古希腊的清晨,图谋吞并六国的秦王也在忙于长征之前的
　准备,

---

　① 色诺芬著,商务印书馆,1985 年。

此刻，一位七十多岁、从县教育局退休、名叫王栋的老人，

为了购进本地技工学校所需的教材，
我和他在烟花三月一起短暂地长征，从楚到吴，从武汉到宿松。

二〇一七年三月十一日

"窗外日迟迟"

我转身跑回梦中,把另一个坐着喝茶的我
唤醒。风吹过来,遍地银白色的月光。

……关键在于我记不住上面的数字,当表盘开始变动,
就再也回不到从前。"窗外日迟迟",

四五只鸟不规则地鸣叫。它们是在争着
替这个清晨的潮湿赔罪?

隔壁院子中,逐渐热烈的嘈杂声高过我的心脏单调的起搏,
菌类的生长,悄无声息,在卧龙岗的山洼里,在匡河铁道线边
   的林地里,

也在阳台上的花钵里。

二〇一七年三月十八日

人心被抚摸得很柔和……

饭厅里,人心被抚摸得很柔和,汉堡包
以及刚刚出炉的台湾烤肠,

空气中的微粒隐没于过道。
蟑螂正趴在装帧着"规章制度"的相框的背后。

它们不会懂得人类的游戏。辨别食物的"色""香"与"味",
属于"人"的要求。骑共享单车的花 T 恤衫男子

"刺溜"一下就无知无觉地从橱窗外滑过,
窗玻璃闪烁。至少两个破碎的太阳,有些晃眼地,

在倾倒。"我已经把'人'和'中午'都做好了,你
还需要就着什么下酒?"

显然,这不会是蟑螂之间的对话。

二〇一七年五月二十二日

在白云鄂博

风声和月色灌装于此,凝固如尚新鲜的压缩饼干。蒙恬的大军
躲在洼地里、草丛中,猛然齐声呐喊,

长城的废墟瞬间滚落满山坡。

羊群不急不缓地跟着头羊,
冲撞着拥挤到我们前面。你究竟为何被命名为"二色补血
草";

你面前巨大的圆形矿坑里,
究竟为何被注满了时间?现在,它正冒着泡,在沸腾。

哦,包头,哦不,是草木稀有的本心,落日下,正在逐渐
复苏。

二〇一七年六月二十二日

编辑手记

夜行货车匍匐在山路上,往前进,它不会看见
深夜的露水瑟瑟发抖。刚刚剧烈争吵过的牌坊群,

顶着月光,此刻已经疲倦。

除了日日练习所得,山水的法则究竟还有哪些?
摊在桌子上的纸稿正在发愁。它致力于

投筑迷乱的宴会、蹊跷的功名,商品市场后院里的奇怪蛙声,
让欣然的往事如同假山,不再可靠。

——想起初夏时节的金阁寺,山西大学的两个学生
背着包,在大殿前低声抱怨:南台的草还没有长好,

菩萨的心却已渐渐硬了起来。

二〇一七年六月三十日

"知"之余

这让人难以忍受的纠纷,"阿喀琉斯之踵"分明被你的假箭
射中,但你拒不承认。

飞快的旋转里,我们成长、撒野,无望而又
忧伤。"除了'知',艺术更奇妙。"

你顺手摸出一块粗糙的玉,出自
古玩城的大路货。

但"知"意味着编撰属于自己的字典。

你一笔一画地模仿、重复,
像一只雏鸟不得不去练习它的飞翔。

茫然的归途。"你家在哪啊?"
"葛宇路①上的苹果社区。"

----

① 葛宇路,中央美院学生,将北京市朝阳区百子湾附近一条无名小路恶搞为"葛宇路",百度地图等收入该路。由此,葛宇路是一条此刻既存在又不存在的路,如所谓"薛定谔的猫"。(后来"葛宇路"路牌被拆除。)

——就这样没有征兆,陷在无"知"里,我已经三年。

二〇一七年七月二十九日

引体向上

挂在

东南面的树枝下的影子,随着微寒的风,在翻动。
还有什么

最终不是回到自我?当

谈论尘土,谈论无意中被化肥催开的
身体,

冬天里侧射过来的阳光,

深深地扎进你每一个动作的努力改变之中。是的,它要生长,
因此不得不高高地悬置。

二〇一八年一月二十九日

雨后（一）

飘起来，

一块脏乱的毡布，发苦，冒热气。化为液态，
石头

流动（命名

为乡间粗朴的"宝石"，在乌青色的天空中，不断地掉下来）。
满头大汗的箍匠，看——

"虹"

终于箍紧了。
让他流泪，让雨停下。

二〇二一年四月二十一日

雨后（二）

抒种种情,
种石头。

——随手捡起来的石头各有因缘，这正是为何

此刻能够恰好打开电脑,
微信跳动,

而在"迫不及待"中,

"石头"落下。半空中盛开的石头,
碎在地上,

如过期的玫瑰。

二〇二一年四月二十二日

写什么

一种叫作"悲伤"的东西,猩红色,略微
俗气,

如晾晒中的、松松垮垮的红裤子。

它上面布满时光的斑点,这一点无须我去认同。但是它们都声
　　称自己
绝对独一、无二,

好像巴黎、浮桥、乡下的栀子花,从未存在过。

罕有的情节,以前曾出现在镇上电影院里。
那时不知道,它们都是被书写出来的,笔

被掌握在灯盏之下。

二〇一九年二月二十日

闯入者

是那首诗中刚提及的"青春期"仍在大气层里滑翔
所发出的声音?转过身,

看见闯入的"自己"

不容分辩端起了酒杯……未知的液体……恍惚中的"未来"。
把酒杯抢过去,泼掉,

现在。

二〇二一年十一月十六日

初冬

渐渐低下去,

在岸边。地土中永不得见的广大生长始终静悄悄在纠缠、
　蔓延。
果冻样的蓝天包裹下,

扑通扑通的心

正因盘旋而降的鸟群一点一点啄开
而丝丝缕缕。

二〇二一年十一月九日

"万物皆有裂痕,那是光照进来的地方"[1]

整个的昨天
在夜里,后来都让月光浸得透潮。

一团莲叶

立于河中央,仿佛周身都在等待承受清晨的光线,
已经太久。

二〇二一年十一月十日

---

[1] 出自莱昂纳德·科恩的《颂歌》。莱昂纳德·科恩(1934—2016),出生于加拿大魁北克省蒙特利尔,艺术家、诗人。

平面性

地球是平的。"全世界

没有什么
比吃、喝、饱、足,更重要。"说这话的时候,你真是

不慌不忙,在弯曲的中心。

——全部的生活
分明都绷得如此之紧。

二〇二一年十一月十一日

以万亿分之八十一的精度……①

沸腾的物理宇宙
对于实在的坚固明证:万亿分之八十一。

什么样的光线会激发,

也储藏在
你的眼睛里,一人瞳仁深处同样数以万亿计,确信的离子?

二〇二一年十一月十二日

---

① "精细结构常数",处于最低能重的氢原子中电子的速度与光速的比值。2020年12月,人类以万亿分之八十一的测量,刷新了它作为常数的精度。

第四辑
和平之诗

江水赋格

老来无人情。

织得很紧密的雨线从高空下来,熔喷布
一样绷着,捂紧

这江边的居民小区。

他戴上口罩,念:"青草和池塘,青草和池塘……"
对岸,鄱阳湖的水位

转眼之间超过一九九八年。

"……水边的空气必然混杂薄荷草的辛辣;而在山南,
一群人已经在雨中看过荷花。"

他想起的不过是童年、少年,还有青年时代的隐秘情事。这些
  都定格在了

一九九八年。终于传来惊呼——
"老大桥"① 塌了,洪水挤开已经化空的明朝,蹿出去。

───────

① 老大桥,即镇海桥,又名屯溪桥,位于安徽省黄山市屯溪区的明代石桥,始建于 1536 年,2020 年 7 月 7 日毁于洪水。复建中。

早晨六点半,"唐山"① 又一次地震。

他流泪。楼上,一架钢琴在独奏,
男主人恶气很重地叫骂。即将到来的上午,洪水夹击下,他

和昨日之他的边界,会后退到哪里?
低声部

在回环中忽高忽低地加强。

前天下午的会场上,那个在前台嗡嗡作响地做报告的人,真是
　攀岩高手,
奋力抵住他的耳垂,熟练地

从腰中取出改锥,

袖珍拖拉机轰隆着钻进
去。看啊,他瞬间就能展示一枚崭新的耳钉,

---

　① 2020年7月12日晨,河北唐山市古冶区(北纬39.78度,东经118.44度)发生5.1级地震。

呼啦啦地,在耳朵的右前方。

耳朵在鸣叫……
凡有所存在,必有所合理。老来无人情。现在,

耳朵里

硬生生充斥了一个过于嘈杂的世界,
内中,众人高声辩论:

"人心本善……""哦也许根本不——"

小小的流萤,在他的耳朵边争先恐后地爆裂开它的躯体,以
　展示
他们见过的"蓝"

就本原而言,应无所住。

曾侬偎翩翩的蝴蝶、低矮的枯枝,也伴随
青花的土蛇,灵巧地

钻入渺小的虚空。"老来

确实无人情。夏天过于漫长,然而秋天……我身为流萤,
不便和你探讨哲学

的构成。"天已放亮,

江水会先涨上来、再落下去,旋转中,
各种形状的"物",正在合成为"哲学",边沉、边浮。合适
的机会里,

总能找到泥土,

发芽,生根,进而灿若新的
流萤,

拥入

另一个樱桃变黑的夏天,再从"有意义的生活"中,
脱落

出去。

老来无人情。打开"头条":刚刚才擦身过去的
"清晨",一女子穿红色内衣,从二十八楼俯脸栽下;另一人

在蓬松的雨水中

瞪着池塘里服用过激素的荷花，不动。

为何可以自我设置"年轻"，
和"老"？

"这是才划定的分数线，还没有对外公布。"哦，普遍的

"不及格"，
"年轻"和"老"都是。

这"地震"最终无声无息。面对"分数线"，他"无穷地"轻
　声哼下去，

好像要哄自己入睡，
也好像在耳鸣的刺激下，精心准备关于"明天"面试工作要
　注意的事项的讲稿。

手机屏幕上，一九九八年的江水滔滔。

二〇二〇年七月十二日至十八日

乐乎有朋在茗溪茶庄

他是说带我来看"茗溪诗帖"的。我看见,大门正对
"高、山、流、水"四个

草写的字。它们后面,斜斜的轻快落款,

有几丝不远处南淝河大桥的,当代蓝色的流利。
新开的"苕……哦不,茗溪

茶庄",二楼,

来自霍山县的奚姓女子,指着
空空的墙面,说:

"这回迁出来的小区门面,我租的,一个月要五千块钱。

你们还能够看得出
近处一望无边的,褐色、绿色与黄色交织的

湖边滩地吗?"

门口的路
叫"内蒙路";横着和它交叉的,叫"哈尔滨路"。

我努力和眼前的现实相匹配,

一会儿是霍山乡下淳朴的、新的夜色,像刚刚冒头的黄芽;一
　　会儿
是街区里尚显凌乱的

交通。

二〇一九年七月六日

平和之诗

致力于探究自然动作的瞬间连接,当你眨眼,居于其中的动能
究竟源出哪里?以人类的惯性作引导,最终滑

向了何方?

种种名词如都市里的月色,从不可靠,被你顺手
用于搪塞,还用于微笑、紫薇,一张你不喜欢的牌,

成形之前,它们都有过隐秘的变化,

直到明确无误的此刻。接引
的迷宫,足以让爱与恨、政治以及经济,全部消亡;酒醉之
　后,黎明

不得不在你上班之前重新成立。

二〇一七年七月十三日

稻草之诗

我读到的是一首稻草之诗:"稻,稻草的稻;草,稻草的草。"

读到这里,我才晓得,
秋天来了。

我晕晕乎乎的,

犹记去年初冬,游走在岳西山下,一簇一簇的稻秆,枯黄着竖
　在田里。它们
没有了头,呆立着,

一点都不像"收获后的喜悦"。

不再被需要了。我说的是稻草,是童年里
捡拾过的稻穗。

那时干草垛堆在打谷场,新鲜的稻草

铺上床,屋顶
也要铺上。冬夜,我和我的哥哥们也曾兴奋如纷乱蹦跳的乡村
　稻粒。

不再被需要了。我说的

是"稻草之诗",袋装的大米码放在社区边的"红府超
　市"里,
已让人无从回忆起"稻",更

不要说"草"。

二〇一九年八月十八日

冬天里

湖畔。枫树叶。白得晃眼的乌桕籽。
他亲眼所见,从春到秋,它们并未移动。而路过的行人

总是急急匆匆。曲桥左侧,是住院部高大的楼房。

所有的可能性,
都处在徐徐的闭合之中,包括蛛网,与它仍然能够网住的

零星飞虫,他想。

午后的寂静中,枯干的荷叶与荷秆
期待重新被打开,

实出于人类的想象。事物不想象,更不会感叹

"善乃有益的无知"。在冬天,
沸粥般滚烫的整个昨日,

都已成为你我不得不去共同继承的遗产。

二〇一九年十二月二日

回答

"昨天已逝,今日正好。仓促中你之所成,几人点赞,几人转发,
总之多大一个流量?"

"我自娱自乐……"

"别逗了,从无自娱
自乐这回事,万象皆在因缘中。"

"被感染的生活,"

"那也得全凭流量,"他谦恭回答,并补充,"始终都是互相
感染,互相拍手,互放金光。"

味蕾展开在她口腔柔软的深处,像不起眼的

一簇簇微型调制解调器,
在接受炒熟后的袋装葵花籽虚掩中的芳香。

问答当中,

言辞忽如唾出的瓜子壳,也有白森森的骨骸,哦不,"永"字

欲勾连无穷的"八"法。

二〇一九年十二月五日

雁声与玻璃墙

像孤独的水滴排着队,奇数的
雁声

在"警官招待所"上方的高空中

有方向感地
冲击远方。

近边是不可数的人间,是滴水汇合成就的,不存在的"白
　湖"。

雁声将短暂
起伏此处,

恍若巨大的山水琥珀

中,无穷的杂质同时被迫起舞。湖面,
玻璃墙一样隔音。柔软、宽广,甚至含情脉脉,仿佛从未有过
　历史。

他看见领头的

那只大雁,立意要众雁停在玻璃墙面上:"是日已过,汝当时

时以白丝鱼
为笔，在冬至到来前，

勤于涂鸦。"

二〇二〇年十一月二十三日

立体的暗示

他说,世界存在于一杯烈酒中。我说杨柳树
永远栽在风中。

究竟是否离别之风,与我

无关,我正消失在炸响的鞭炮里。在故乡,
人们至今仍只能热衷房产,

热衷清明或冬至奔走在祖宗面前,

总是无法补偿地去补偿。我替代它的
也只有小说,比如《巴黎圣母院》,或者《永不宿松》,

眼前,晶亮的,橘子,雨,

凝固于半空中。哦,故乡,哦我曾
满怀歉意的街市。

抢攘它的不是汽车,我的臭皮囊它不喝酒。

二〇一七年十二月十七日

纸杯子

他们谈及
杯子,在一个叫作"门把手"的

微信群里。

……你好奇的是,如今还有什么样的门,会把手夹住?
哦,时代的纸杯子

它已斟满,欲你嘴唇不可言。

里面都是
化肥浸润后之土。笨拙的胖杯子,台面上自动

跳舞,

要重回"生产线"。
你不得借此杯中土哺育

关于失落的"梦想"。

你将继续
努力把"生长"卖出好价钱。

你所不知道的是，杯中土

正期待被冲入沸水。
"有朝一日，

让你用纸杯子去装土。"

二〇二〇年十二月二日

传统序曲

伟大的瞬间性,在于你吞下自己四处播撒的嘴和玻璃;
你种植自己;在于你跌跌撞撞

一场音乐会的大厅外。

你伸出左手,继而又慌忙换成右手,
想和大街上的人握手,却发现

始终隔着一扇巨大的玻璃门。酒楼尚未打烊,道别尚未开始,

西洋打击乐匆匆忙忙换成了古琴。你正困惑,
硕大的电子显示屏

浮于半空:

清晰的一群人,多么遥远,
拥挤着前来与你相遇。

二〇一六年十月三十日

合肥往事

我曾被人唤作念奴,

家住赤阑桥下。
那里是民国年间的棚户区,我家在东巷 13 号附 1 号,三单元,
 1407 室。

我擅写古体诗,偶尔吹

略带胡风的笛子。平心说,我爱和一个叫龚鼎孳的男人
一起消夜,他喜欢喝酒,打台球,辅导我的诗词写作,更喜欢
 谈论

我不太懂的本地政治。

我乐意听,可我只想弄懂生活。杨絮飞起,
堆得街角落满地都是。

我当真能有

什么浮华往事,
你们干吗追着人间的杨絮,像股票,像六月天在飞雪?华为手
 机里

变了形的即时新闻说：我将被斯坦福

大学开除。斯坦福是谁？打着领带，他就能比一身簇新
大清朝服的我家鼎孳，还要倜傥？

可是你和我说什么唐宋、元明。

我说，府城已经拆没了，都是好地段。我居住的小区
里，榆树芽、桃枝和枇杷果

始终像公元前594年初夏的一场雨后那样湿淋淋地将展未展。
　那一年鲁国初税亩，

百废俱兴。晚年的龚鼎孳，
在赤阑桥边，和我厮守了大约三百九十六年；现在他说，时辰
　到了，要去隔壁皖安厂的台球室

锻炼不肯安静衰朽的身体。

二〇一九年五月四日

《江城子》

很久以后我问过他。那时,我们躺在城郊的防洪大堤上,
我抽一种叫作"阿诗玛"的烟。

他不抽。他反复地,像江水拍打堤岸,

讲一些插科打诨的旧事。
我想人生的茫然,不能全部都怪我;临近中午时分,

我们曾一同拜访过

日报社里的一位诗人。现在,花灯都放过了,整个正月无声无
  息。"还记得
《江城子》的谱法吗?"

虽然是夜里,大堤下面,低处的"龙"并不回答,可能因为

它本身不过由"我们"用稻草、竹篾扎成(而非
滚滚东去的江水)。记得那一年,许岭的"龙"游到县城,

踩高跷的少年

不慎跌落了下来。我大声地喊,隔着"文件":
"莫慌,莫慌,

江边的纺织厂,一时半会哪里就能轻易倒闭。"那些女工,

和我同学的姐姐一样,
清洁、活泼,但又总是遮蔽不住地,带着苍白、紧张。

二〇一九年三月七日

三孝口（二）

那年夏天，菱形的、三角形的、不规则形状的风
起劲地奔跑。

荷花，荷叶，河池，藕，都跟着风在跑。

似乎一下子完全忘记了我们来时叫作"宿松"的小地方，张
　望着看：
近处的清风阁。

"亏你还知道清风阁！""记得第一次去的时候，

水泥的石阶正在涂抹。"
"第二次去的时候是傍晚，夕阳纠缠着它的初恋，徐徐坠入湖
　面。到了第三次，

青春的心已经透红。"

三孝口后面，因为夜深而显得偏僻的街面上，我和陈文
闲逛着，走来，走去，

一家简朴的百货铺子里，高高吊起的白炽灯下面，守店的女
　孩子
半趴在柜台上，打着哈欠，

学写中规中矩的

颜体字，一口合肥腔。哦，激烈的青春，一去再也没有复返过的
颜真卿。

二〇一九年六月十三日

历山下

——城内八约,城外七十一里社,

月色终古不见变化。光线
忽成根根银针,

扎在城里各处楼房的表面,熠熠生辉。

模糊的幸福和不幸,如往日腊月里才会摆弄的皮影,此刻也
熠熠生辉。时代啊,我一直生活得很好,

你为何还催我慢走紧走?

络绎不绝的
身子,扑通,扑通,身子撞上了身子,

"哎哟"声一片。

夏至。混凝土路边,绿如
绸布扎成的几株花树旁,

你半蹲下来,回过头,说:"快点跟上来,城外的亲戚家,
  Wi-Fi

早已打开,要邀请我们
进一步游览齐国的长城。"

二〇一八年八月十二日
二〇一九年六月二十二日改

"银泰城"广场上尚欠技巧的二胡乞讨者

重要的事情说三遍：幸福，幸福，幸

福，或者说：鱼头，鱼汤，
鱼骨。注意：要区分出

广场西侧，那家"蒸小皖"煤气灶具上的真

理与美……
拉开的蟒皮胡，听起来好似

正在对着半下午翻白眼，像"银泰城"左上方，乌云后面的
　白日头。我说

"翻白眼"，
是确实的。大堂外这年迈的、民族器乐的卖艺者，请听：

"当炭疽炸弹

不慎落在了你我的身边，哎呀，你家的真理和美，
翻白眼，纸币与角币，以及吱吱呀呀

这架二胡,都将丧失意义。"①

明显没有耐心听,
面朝一直都处在走近与走远当中、他心目中欲"乞讨"的人,

"卖艺者"没理由地突然提高

并加快了调子,越来越快,于是"幸福"急促得单调的钢锯
　一般,再次响起:
"鱼汤,鱼头,鱼骨,要一罐

鱼汤,

鲶鱼汤,
鲶鱼的头熬制的汤……"

二〇一九年七月十日

---

① 《美丽新世界》[英]赫胥徐著,陈超译,上海译文出版社,2017年,第186页。

爱情隧道：095 乡道，北，约 50 米

"来，看花，看忙碌中毫无头绪的蚂蚁，看蝴蝶，看那些城里
  来的人……"

秋后的林木，立定于铁轨两边，
如拱门。

"来，姑且将之称为隧道。"

杂生的树挤挤挨挨，它们茂密的呼吸，很轻匀，如同早年
乡村的婚礼进行当中，凑到一起看热闹的

亲戚们。微风中，

"再猜猜看，是否也有一两株，彼此之间曾爆发过
凌乱的爱情？"

无人能指认。

"不可冒失出入。"言语飘过去，缠绕高挂
龙泉寺外的菜园子里一棵

不知名的树上的葫芦，正在枯干的阳光下，

渐渐碳化。
这截铁路，充满疏松的空，露出的光阴，已不分春夏秋冬。

在它边上，土地、农舍，摆卖的莲蓬，

一如平常。"和平年代的战备铁路，正处于废弃中。"这是
　好事，
让人看到生长和湮灭

都有依据，在并不很长、但已足够的"隧道"中。

二〇一九年九月十三日

芳名

水家的水,在慢慢
变亮,

红日正往上涌。

露珠的确在颤。采摘的人
眼中所见,的确都是摇曳的草莓:被叫作章姬,被叫作隋
　珠……

无数量

的美和好。
那刚从此地路过的,但愿

也会如我一样,把这些芳名一一记取,也会

请求莓叶
稳稳托住那嫩蕊的广阔生活,把光线再调高一些,

给今日之"你"以锃亮的命名。

二〇二〇年四月二十五日

万有引力之虹

他竭力去"控制"一尾鱼的呼吸,终至

"控制"整个湖面,
像一个"他"要做的那样。"他"们正站着,像一排排湖边
"树",

"树"在弯曲。微微的弧度

泄露了"引力"的"无能"。哦,下午两点二十六分,
停顿一下后,

湖边"树"挺起身子。

"风景"在迷人中开始"碎裂"。造成的另一个
"可能",

令人不安,

想"逃脱"。鱼不。莲叶不。湖水不。莲秆也不。似乎明了
"逃脱"这种人类行为的荒谬,无论

此刻,还是将来。

不过是偶然在湖边看见了"自我"的"倒影",如一尾被饲养
  的鱼。由此衍生
出种种"控制"的"冲动",

既不"结果",也不"偶然"。

二〇二〇年十月三日

散步

铺得不够严实的地砖下面,雨水的
积液,从缝隙中

往外溅,

将"我温柔的,傍晚的散步"弄脏。如同白衬衫
晚餐时不慎沾上了汤汁。

谁"打翻"的?瞬间

平复后的"不平衡"中,具体、毫不起眼的某个"昔日"重
　现——
我踩中了一个人

曾经的"工作"。

"温柔的,傍晚的
散步",湿嗒嗒;与此对应,

暗红色地砖的呼吸开始轻微急促,虽然我已经走开。

二〇二〇年十月四日

姥山北探视诸多空房
——兼致詹君、龙君、云君

姥山脚下

昔日的政治结构,和经济结构,首先就被詹君记错。面对一堆
 荒弃的场屋,他说
这儿曾是

部队驻扎的师部。

房屋整整齐齐,足见当时生活中随处可见的
主体性,

明明朗朗。外墙上,石灰浆涂抹过的"四大队食堂""小卖
 部""理发店",

犹在,并不慌张。暮色歪歪倒倒,我
潦草看过,忽生感伤:

此中一定也起伏过和我故乡里同样火热的爱意,矛盾、期盼,
 和怨望。

都走了,把场屋空落落地,
连同花台、空酒瓶、葡萄架、蜡梅花、三棵老粗的香樟树,

矮化为"记忆"

和破破烂烂的"物质",留给近旁并不很高的姥山,
有什么意思呢?

二〇二一年一月二十一日

芦草高过
——致龙君、云君

高过河面的整片芦草,都是枯的。如果芦草的"命"当真高
  于人,
可以短暂"逸出",

待立春的雨水过后,

再缓缓返回,
那么刚才的高涨里,河边洼地中,我们三个人,一起站、走,

聊世间"抒情"的种种不易,

能算怎么一回事?
纵然众芦草辫子垂、腰肢闪,装出欢喜爱听的样子。

二〇二一年一月二十一日

第五辑
自有的逻辑

车间弯曲铜管

在桃花工业园里,她始终在细心烧烤这个下午。
车间外面,天上的云彩很整齐,太阳新得

像刚刚被生产出来。

乙炔单调的蓝焰,燃烧。操控这台面的
年轻姑娘,也很单调,并不和一群来"采风"的人多说一
 个字。

等他们走了,她会独自去和机械大声说话吗?

四处喷着热气,
——墙壁内的空间,确实正在向有质量的地方弯曲。

弯曲正发生在那些工人的家庭里。

管委会主任的自豪让你不断点头。"嘶啦嘶啦"的车间
响了好一阵子,忽然静下来,

但你恰好已经离开了这些过于庞杂的机械。

二〇一七年七月三十日

今天的逗留

都刚刚好,今天早晨的

太阳和月亮,一个在东,一个在西,潮嗒嗒地,
在这座城市郊区的上空

逗留,

好像在继续昨天晚上没能够顺利结束的交谈。
刚才的言语

又沉、又重,现在轻了一点。

坡地里,早起的虫鸣听起来有些发急。
毕竟是秋天,生活

不能像初中地理课上的塑胶地球仪那样疯转。

可是你看,
这些楼群,散落在地上,皖北的林木一样蛮横地生长,又挤在
　一起,

让"昨天"看起来,含混得多么具体。

二〇一八年九月二十七日

自有的逻辑

压进自有的轨道,才能够回复到

恒常。加热后的水
不得不接受 79°C 的沸点,表明,壶中之水已低头,认清

永恒的相对性。

我呢?不规则地扭着身子,跟跟跄跄的
今日之逻辑,

伸出拉丁字母,往前倾,提示

海拔、时间、浓度、场景、他人。
并且,穿过光栅后的忙碌,一定是相似的。

不时咬啮一口,

如失去头绪的
虱子。我想,逻辑终有不小心被熔断的一刻。

二〇一八年十月一日

到来

转到鹦鹉小道,长江之水,

夜里感觉起来微脏,但看不出;远处隐约的灯火,也是。
江畔的杨树和小酒馆在玩"变身"的法术,

一个时代充满魔力。

月亮升不起来了,现实主义的大师,年纪轻。你吃过
太阳吗?美滋滋的

明天,

像嫩蛋白,一张圆脸
包裹出的平滑白昼,将不得不等待饕餮们

不计后果地去掏空。

二〇一八年九月十六日,武汉

当真又能知道什么

九点钟。一番热闹的勾连交通（这里是城市）。小区的
背后，汽车，早点铺，

不知何故吵嘴、但现在已经和好的人，

尚处于彼此厌倦之中。
（能够确信自己真的明了？）絮絮叨叨的

"孤独"，大致是：粗声吆喝、不停地嗑瓜子、撒娇、

做作业、书写与阅读、过早的恋爱、
独自面对湖水喃喃自语……

唉，难以成型的糖稀，带着大家都需要的甜味，

不然，你且看，
广场中：

始终在这个固定摊位上卖稀奇古怪的各种糖点的老头，

一番迅速的揉捏之后，开始
大声吆喝，

我知道,那是"孤独"正在被陆续制造出来。

二〇一八年九月二十八日

雾

白雾起

于一个叫作"月光"的人,在他奔跑中的
汽车外面,(让我们看不清

这个周末)

离开模糊的语词,交谈的边界漫无目的地漂移。你说你知道
国家

这么些年来,一直都在练习柔软。

我对此很感动。雾更浓了,
车窗外面,毛茸茸的行人和高处隐约的树枝正费力地处于凝固
　当中。

我对烟瘾很大的"月光"说:

"有你就很好了,这个周末
被这场雾压缩得如此致密。"说完,我取出

一颗圆晶晶的冰糖橙,

忽然看见,湖南省麻阳县的乡下,哗哗地
快速散开,弥漫出

她的甜。

二〇一八年十二月二日

"能想到和想不到的"

夜晚的"小胖龙虾"馆,一把小提琴

被拿在一个推门而入的女孩手上,以及歌单。她熟练地请人们
　点唱,
你重重地看了一眼,

妻子在吃烤鱼,你曾点过一瓶啤酒,

当你想到要赶在打烊前离开,混响的气息里,无论你看见过
　什么,
都避免不了

被出租车顺走;它一直趴在烧烤摊边上,从不感觉孤立。

二〇一七年七月八日

枯叶的书法

万物正提头飞舞于风中,包括这层层枯叶。

跟跟跄跄行走在
归家之路,边呕吐,

边言说这河山,鸟鸣,与无中生有的溪水。

鸟鸣难道不曾扎根于这深山?
既不被肯定也不被否定,

你变成俗称的我。远眺

明日早晨轻巧的跳跃,捡拾树叶的
清洁义工已经下山,把夹钳静静地靠在

菩萨栖身的大殿里,

深夜中,你斗胆手指远处的满城灯火,
说……毫无"光"法。

二〇一七年十一月二十一日

依我之见,世界有八个

其一是祖宗的,我在此常住,户口已登记,不能避开;
其二是我自己的,青葡萄、绿核桃与中午灼热的县人武部和消
　防中队的。

其三最苍白,稻草纸的。

我念,偶尔投掷石子,被罚站。老师
半恼半得意地哄:你看,新时期到了,将来的前程都会很
　远大。

其四是河西山垴里,尚未完全修成的火葬场的。很多本地的临
　时匠人

在忙碌,二郎河边的滩地里寻找石油的外地工人,
或坐,或卧,领工资,喝

散打的劣质白酒。偶尔放纵,会东张西望,

溜到其五中去。其六是城关、市、省,乃至广阔的国家
和正在遭受压迫的第三世界。

其七正在参加高考。

其八的啼哭声，
无人听闻。

　　　　　　　二〇一七年十二月九日

归家

"我给你举办一场朗诵会。"他嬉笑:"百分之百圆满。""是现代诗的吗?"

铜丝一般柔软、滑腻的
抱怨中,冗长的抒情终于断成了一截一截的,阻力,撒在斑马线上。

同样滑腻的,还有雪、蜘蛛网、蚕、圆珠笔油,

以及回忆起来的爱情。对,过去的总是滑腻的;涂满香皂的泥鳅
又一头钻进了泥水。广场舞

尚未散场,归家的他蹲下出租车,意欲把刚刚被迫吞下的时间,大口大口地吐出来。

二〇一八年一月十二日

永不见

薜荔果悬挂于山崖,青藤缠绕石头的腹部,
但花与叶为何都在行走中,一边哭,一边枯?

清晨,鸟鸣变成了寒意沁人的雨滴,

扑向茫茫湖面——昨天下午,迷惘的气压中,乱入
空无之气的白丝鱼

它胸口被不慎剐蹭的细致鳞片,尚安好否?你曾
捕捉它的手,后来,可继续采用过这湖中之水?

孤零零站在上山的路边,它们都说,"花叶永不见"。

二〇一七年九月六日

绅等

旧时报纸所载:"各公私处所

均已不顾一切困难,先后将房舍让出,交付同大①,
粮税分柜独延宕不迁。"

枯墨之中,山水尚未老去:

理在必然。"唯
该祠既属公产,主权即应属本镇全体人士,

维护教育,繁荣地方,其责端在

绅等。万难坐视,专呈
南溪县征收局。"

李庄镇士绅

张访琴、罗南陔、李清泉、罗伯希、杨君惠等,后来各有荣
　枯、进退,
那一刻是1941年3月29日,梓树下。

二〇一八年四月二十七日

---

① "同大",因抗战内迁四川南溪县李庄镇的同济大学。

雨中的杨絮，南熏门桥

市中心，漫天飘飘荡荡的杨絮……

有何权利抱怨与我们不同质的物种，它种子
冲动的飞翔？

答：以汽车，以铁塔与高楼，以无处不在的

网络。雨点冒冒失失，
敲击南熏门桥街边，高大的杨树身子里，尚未飘下的杨絮，也
  敲击

树下、路上、卡座中，凌乱一片的微信。

确实易让人神情涣散，
在"我们"当中飘开来……我指的是远方忽隐忽现的鸿鹄，

或直接说：大雁。

言语之间，口罩已戴上，成长本身被赋予的
天然傲慢，与狡辩中

依然能够识别的乡村自卑。

沥青路面的中央,
我注视这飘荡的杨絮如何寻找合适的分蘖之地,事实是

它将不得不去经受更大的雨点的敲击。

二〇一八年五月六日

遗弃

你说只是因为一截枯木而成就的遗弃,那汪
潭水,也是。

是的,遗弃,

——它持续地处于
自身的酝酿之中,永不能休止。

无意中舀起"美"的酒液,

……短暂的晃荡之后,绿回归绿,靛回归靛,万物
各安生死,凝然

不动。

告诉我,
还有什么样的配方,也能调制出一颗安静的心?

二〇一八年五月十六日

乒乓球馆

从楼梯爬上三楼,就到了社区的球馆。来得比我早的
那位丰腴、厚墩的中年妇人,

跳跃着,

和她照面、略为年轻的男人,也在跳跃。白色的小球
嗒、嗒、嗒、嗒,动荡得

厉害。

"紧张"与"挥汗如雨"都是此刻
应有的"现象",包括"我"

也已经从属于它。从窗户望出去,

依然是午后,人们在进和出,既没有抵消、也没有增加
它的炎热。我盼望,也能

嗒、嗒、嗒、嗒地,

在近似的匀速中,
从这个下午抽出自己的身子,如茧中抽丝。

二〇一八年六月二十四日

火车路过

一挂老式的绿皮火车,慌里慌张;
由此上溯五十九年,此城曾遭遇骨折,在通往景德镇的路上。

火车现在扯着汽笛在喊叫,稠密如江南的雨水,
重若山间兽物,逐渐地

拐上城外的铁路桥。

民宿客栈旁,"姐妹"手擀面馆里,
嘈杂的声音依然遮不住江水的哗哗流淌;

一些过时的话,比如"四海为家",
你看这被压抑得太久的群山,山中洪水迸绽,肚子里又钻进了
　一挂火车,

依然在隐忍,示你以一幅夏日山水的画。

二〇一七年七月五日

宵边村

犹记情欲迸溅、却只能被压紧在流水线上的青春。工业化
　　初起，
往前的路牌指示："香港"，乏善可陈的

水泥铺就的平面。

再次回忆起来，是十八年后。姐妹两人
相对而泣：一场不成功的传销

背后，宵边加油站忙碌如初，等待加油的汽车不满地摁响
　　喇叭。

二〇〇〇年五月。宵边在长安、长安在东莞，
东莞在遥远的K311次绿皮火车的二十一个小时的前面，

压缩了十八年的空间，终于轰然炸开，如爆米花：

湖南的何巧华已经成家，王敏嫁到了香港，
公园的绿道上，

闪动着一个个也曾苗条、如今日渐富态的身影。

二〇一七年七月二十三日

那是故乡飞进而出的灯光……

我言说的仍是真实的,你如丝丝缕缕的灯光。

我曾有过
的那盏灯,

终于陈旧下来,如泛花的乱石,

当脆弱的玻璃灯堆积多了,故乡
就用它变幻故乡。

二〇一七年十二月二十二日

存在的如何不是唯一的

想象里,他已度过了七天,在屏幕上。

(一部被热播的电影,将会有何特权?比如《芳华》,又比如《妖猫传》。)

嗯,他已度过了七天,在去上班的路上。

他看见:下雪、铲雪、树枝折断、
救护车爬行如蜗牛。

还是不说吧,一抹艳阳静静地照在雪地里。

要是我们时代的雪,和爱情一样,始终
只存在于屏幕中,生活会多么无趣。虽然我能够

因此看到那么多张笑脸,

亲切地、陌生地晃动。镜头这时开始缓缓转向
远方,和蓝得不能再蓝的天空。

二〇一八年一月七日

在五溪的时候

这世上哪有什么道理,

暮春,五溪河
哗哗……激起一些盲目的水花。哦,这山前山后的诸般恋爱,
　　不显眼地

在——破灭中。

二〇二一年四月十一日

幸福坝

费力地

把笨重的马赛克,一块一块搬开,终于露出
蛇莓。青浆的果子

红得饱满又糜烂,

好像七十年代的童年
里,从未缺少过灰蒙蒙的山茶、栀子和络绎不绝的行人。待脱离

匍匐山坡、"盈盈"一团的

蛇莓藤蔓,脱离松树和烈士陵园,脱离翻过矮墙就是的二中,走进阳光下,

三号线上的地铁隆隆地响。

南二环外,那个叫作"幸福坝"① 的地方,我
还真没去过。

二〇二一年四月二十日

---

① 合肥地铁三号线始发站。

暮色里的唐山

1
漫不经意的出租车

快速驶过。年轻的司机偏过脸,扬着唐山方言,说,里面
就是你们刚才说道的地震遗址,

没啥可看的。

通红的落日返照在他年轻的脸庞上,
就像照入一块墓地。这里是老城区,昔日洋灰公司的大烟囱

在车窗外熙攘的社会当中,依然安静地走动。

2
我背部一连几天的疼痛开始缓解。

3
"那年我二十四岁,在唐钢

做工人……"
淡定拿起一本出版于一九八六年的旧杂志,摆旧货摊的老人

出乎意料地,向我强调

"报告文学"的本来意义。驳杂的旧时光,如同野生的蝴蝶在
　上下翻飞。
我拿起他摊子上的一个旧闹钟,紧上发条,

时间当着我的面,又一次不紧不慢,逐渐松动。

二〇一七年六月二十七日
二〇二一年四月二十五日改

有生之年被硬生生……

有生之年被硬生生

做成枯干的二维码形状,黑与白相间。唉,明知你
并不真去扫描,

明知机械

的长臂,在一边挖掘出地铁轨道的走向,一边翻书,履带下满
　是落叶的轻。
烈日当头,无名的影子相互踩踏。

二〇二一年五月八日

鸟鸣

一十三人

散坐涧前。
暮春初度的梧桐,新叶遮蔽,

鸟鸣陈旧。

"这鸟鸣需重新打磨、上色,可参照安徽乡下的古法。"
一十三只外省飞来的

蝴蝶,轻立

涧石,双翅酡红。
扑入流水,青萍冶荡荡。

"来自各有区别的一十三省,又怎样?此生的经历必定大致略
 同……"蝴蝶竞相耳语的时候,

鸟音杂沓,
逐渐满上来。

二〇二一年五月八日
二〇二一年五月二十五日改

第六辑
眼球保险柜

春宿左省

> 花隐掖垣暮，啾啾栖鸟过。星临万户动，月傍九霄多。
> 不寝听金钥，因风想玉珂。明朝有封事，数问夜如何。
> ——杜甫《春宿左省》

叽叽啾啾的

声音，像虫鸣，也像出自故显持重的沙漏。春末的老蚕
不紧不慢地啮噬皇城，再变成蛹，

——实在是些迂腐的钟表盒子。我如同魔术师，从中一次又一
次地取出

意境、忠诚，和铿锵的格律。举头三尺，
摄像头

时刻注视我，从未对我失望，正如陷于酣宴中的明皇帝。

鼓胀胀的京城。我的身子
蜷缩于兹，

假装乐此不疲。左拾遗的确是不大不小的官职，

让人看尽朝臣的笑话、市中马路的坑坑洼洼。必须承认，教坊

中一幅浪漫的红绫

偶尔也让人心旌摇曳，扬起的水袖

恰好掠过
我正枯朽中的头颅。夜静得发黑，恍若无尽的

循环在轻声运转。新冠病毒引发的疫情、洪水的威胁、层出不
　穷的科场舞弊案，

火漆封得严严实实；其中一份奏报，说
一千两百多年后，将有人写作反对韵律的

后现代的诗。鸡鸣，窗外市声依稀，我已没有时间去充分
　展读。

二〇二〇年七月一日

应用商店

手攥一张
"应用"的纸，揉碎后，再展开，

汗渍和毛孔印在上面，

成为夏天。一层新的皮肤，充满潮湿的韧性，
在普遍的"应用"中。

我的手

被你粘在了纸的上面，小心翼翼。邮政大楼顶部，
那座大钟的

时针，打着机械的转儿。纸上

另有一座城市，你以为已经
揉碎了它。

二〇一九年五月二十三日

换书会

已知：长江东流入大海（亚马孙河呢?）；又已知：
十五年来，地产飞涨（芯片呢?）。

落日（这条街道）从未如文艺中描述那般

刻意不动。可惜的是，青春（童年）确实正被"老"去，周
　　朝的
力比多，在日复一日中

早已挥发殆尽，只剩下

你们津津乐道的、不知疲倦的文物（AI）。
他试着和这座图书馆互换出

另一个时代的封面，

原因在于他离席如厕的片刻，有人声称
要逃离"地球"。愿望

是短暂的，隔壁这座影城（漫长的故事）的存在

是短暂的，会议的中场茶叙
也只能是短暂的。

无论哪个品牌,雪糕(德行)都是短暂的。

二〇一九年六月十日

琴声和"县级水平"

夕阳在远处,高冈之上,"县级水平"地,一节一节奔跑。

G50高速公路正通向跨年夜。
"送文化下乡"、下班前的散漫,和普通的"日常",

暮色里各在其"在",

以保持骨架整体上的稳定。客车掠过,零星
交错的农田,赤裸着,

一如往常,

当夜气转深,
会承载凝结的露水。是因为

"县级水平"的跨年

让你暗中失望吗?"可惜了,'诗三百'。"他说。
"嗯,可惜了琴声。"我补充。

二〇一九年十二月三十一日

新的变化

车门关闭后,池塘恢复为

一汪水;被斜阳扔掉的"景色"自动恢复为
一排小杨柳。

"景色"闷声跳进公交车。

……涣漫的孤独,
车厢尽头,来历可疑的管理者

低声宣布:

这车也将需要短暂恢复。
混乱中自有奇特秩序:

司机恢复成携带巨细胞病毒的

老虎,若无其事地"驾驶";
倒数第三排,"他"脏兮兮的褐色帽子恢复成"她"怀里肥肥
  白白的婴儿。

病毒恢复成门板上的霉点子,

司机正后方,"我"恢复成患有失忆症的"乘客",不再期待路上那些莫名其妙的停靠站。

(问题在于,如何确证"曾经"?)

……驯顺地挂号、
缴费,然后恢复成这辆慢吞吞好脾气的公交车上

一排排塑料的硬座位。

二〇二〇年五月九日

论人之为人的诸多可能性

不过因为稀粥一钵,遂急促发愿更改年、月、日。

何其枉然,"胃"之外,头顶群星自明灭于
"必然"的周期中。

你选择不了你的肾、肝和脾。

最终都指向
誓将去汝。所谓"蓝"天来自只能"必然如此"的错觉,

并不可期;众星
沸腾,

也如胃中涌动的菌群。

二〇二〇年五月十日

干的物质

那些人的影子
都镀了一层银

粉。结果是不得不像始终活在

灰尘中。(加一个词,从前……)小心翼翼
维持的分子式,

不够稳定。

常言津津乐道:炸鸡腿啊,情人啊,石油期货啊,
还要包括新发的利市,

快餐桌边,都被压缩成

一粒粒无色的
丸状结晶体。你把它们碾碎,将就着温开水吞服,

噎得

泪水哗哗的。"瞧,这个
原本'幸福'的人,他干瘪的泪腺,今日如此充盈。"

你从快餐店里转了出来。

二〇二〇年五月十八日

乡村一夜

我们不在的时候,

厨师低着头,把今天他估计要来的各种人的脸从缸里舀出来,
放进大锅里,

偷偷拌上他自制的醋、苯酚、芥末、多巴胺。

后来,热气腾腾中,我们
竞相揪出喝下一杯酒的理由,诸如"笑是好

皇帝""李白的诗,跑了气"等等。

有人装醉,偷偷溜出去,用一次性注射器
抽取院子里稀薄的月光,

说是"等会带回城里去,要趁热"。

二〇二〇年五月二十二日

一六得六

在早年，日光白亮。算术老师苦口婆心地教，
一六得六。

跑得欢快，

自然律
就这样顺从我，像我的母亲。

这让乡下的生活多踏实，

我年轻的大脑
近乎多余，只顾迎上风，边跑，边念：

一六得六……

再次读到它，已到
四十年后。"来，纵使勤似牛，怕还是剩了

半樽草钵油"，

他盯着我，直言不讳：
"二一添作五，咱再干一杯……"

这正合我意。我祖上传下来的算术已从六退回三,原因如下:

从一到三已经很艰辛,
如果"六",

落实到手指上,

我将不得不跷起右手上的骈指,而我竟然
不知道它是什么时候长出来的。

二〇二〇年五月二十七日

湖畔看鸟

在仓库中,额头上残存白色的锈迹的鸟,

抖不开身子,
白的灰尘落下。

仓库中有:包孝肃公祠、"农业委员会"、"芜湖路"、亚明美
　术馆。

几百枝跃跃欲试的嫩荷叶挤在暗处,
像惹事又怕事的孩子。边上,汽车窜来窜去。

我将之理解为它们都需要马达,

以及"鸣叫"。迎头泼下来的
湖水,

飞溅出鱼。

水安静下来后,
开始生锈。

湖边看鸟的人,站着不动。

二〇二〇年六月三日

眼球保险柜

整个当代,作为典故,一再熟练地

出现在《宋国研究》中。教授欠了欠身子,说:"须知,心理
　分析将让你明了
种种意象怪异的共鸣……"

宋国的梯子

横在"龙岗不夜城"的广场上,铝合金的。
"我厌恶演绎、传达的诗……"迟顿一下后,我想模仿教授
　背后

那架闪闪的梯子,

直立起来,咔嚓咔嚓行走,一定很有面子。二楼
拐角,有一处

眼球寄存保险柜,

在那里,"珍爱眼球协会"的年轻志愿者们,一边敏捷派发
5D 接收器,一边嚷嚷:"你要

放下。这样,烟花起来的时候,

眼前景

不至于飘散得太远。"

二〇二〇年十月九日

授课

"生活,和'填饱肚子'

是何关系?"
"我说你,你和风中的蔷薇枝,有关系吗?所以在文学写作中,
  你要特别警惕

自作多情。"

"老师,还有一问,
'食无求饱,居无求安',说的是应然之事吗?"

"你把肚子捧好,我来指点你看:

肾,盲肠,一节一节的大肠和小肠。就这么着,从红嫩的
  青春,
到终将垂暮的老年。"

二〇二〇年十二月十三日

再读张载"为天地立心,为生民立命,为往圣继绝学,为万世开太平"句

他们的午后甜点,可以逐一列举:

《万物
简史》《真石资本的谋略》《我奶奶的澎湖湾》……里面

都有奶油涂覆的微型人生。他说。

的确。我表示同意。样样都有"价格",
是白湖米厂的人工池塘里

清晨透湿的荷花瓣

微微弯曲的舒展。还可以说:
"正因为诚实地有我、有物,作为容器,无论'我'还是
  '物',都已处在持久的壅塞当中,

但并非你可以在餐桌前作势展示'物联网'的理由。"

二〇二一年六月二十五日

十日谈

1
看官,我壅塞的灵魂有时候也要吐火,把
喉管疏通,内中的肠胃被烧得一干二净,昏厥在一边的酒瓶子

会投诉远在不知名的工场中抟制它的人,

借着我醉后的大胆。显然不是什么好意象的血,被我明确地察
  觉到,
它生动地扭曲着,宛如无望的蚯蚓,在烈日下的水泥地上。

好吧,悲哀远远谈不上,清江上浮动一层白雾,
宛若迷糊过了头的人间,因为暑热而捂出了一身白毛。

到处都粘上了与周围的环境实在不协调的"创可贴",

过于暗淡的第一日,缝缝补补的郊区,小心避开人类的呕
  吐物,
火车钻进了地下。在此之前,我看到它银光闪闪的铠甲,

还没有来得及故作迟疑,即被氧化,变成疏松的灰色。

2
灵鹫峰下，被打开的石门中，隐现
各类被毁弃的名物。千奇百怪的缤纷形状已经干枯，

带有往昔的依稀印记。

是的，第二日，众生无从摆脱万有的秘密引力，争相去品尝
滴在嘴边的滚烫情欲，

没入乌黑的石油泥沼之中——人们宣称的正确生活
凭据于此。万古愁，你舀起一勺万古愁，

与初生即从未贞静的月亮对歌。

字典在乌桕树下自我打开。阵阵黄浊的云，排向
空虚的远方更远。是的，疾病终归是疾病，无论你转不转
　　基因，

转不转经。

3
世界起源于一场隐秘的受孕。

嫩绿欲滴,跃身入水,急于化成蝴蝶……
嗡嗡地混响——我必须回到清澈,

以勘察旧时间和新时间究竟怎样彼此避让,又为何互相刮擦。

酒桌上的人们仰着脖子,说"三杯通大道",多么热烈的
短暂欢愉,而擦皮鞋的孤苦摊子

日日摆在天桥下,
不论春夏与秋冬。是啊,都有些什么意义呢?黑死病将不再被
　探问,

跛腿的生活古怪地跳跃着,追逐
物价的指数,共享的单车,还有风中飘落的《葬花吟》。

4
空中闪现无形、无色、无味的火花,
他黏液翕动的腹腔,缓缓舒张,再收缩。从哪里来,往哪
　里去,

起初的本心都嫩若豆腐。

中国豆腐渐渐开始沾惹尘埃——那已经风干的诱人情爱，
在火锅中，被四川的麻辣噼啪涮开。

你被要求接受人类创制的酒德，

以配合万物从容地秘密沉醉。孤独的、无所依凭的第四日，
成为它自身的食物。

我既不能打钟，也不能敲击键盘。

"酒中有颜如玉，"你喃喃自语，"但那是变形过的……"
一挂吊车缓缓开进忙碌的货场。

5
高踞此地上空的星辰，从不离开，无论你
使用什么样的言语去遮蔽。相比混乱一团的人心，

世界简单，不赌生和死。

因此星辰决不眨眼，更不打盹，以它作为想象，参照出的种种
情与愁，都属荒谬之物。

所有的"顶点之爱"，调制自

不可救药的强迫症,需要洒上粮食酿造而成的酒,适时化于

宋朝极简的山水画面前。

是,我说的是第五日的事情。雨在起劲地下,宇宙无边,
我们走动,发出各种声音,忽高忽低,何其渺小。雨云之上,

繁星万点,始终在源源不断地播撒辉光。

6
灵魂一头钻入渊深的烟囱——如今烟囱也是
稀有之物。炊烟被聚拢,压缩,再释放

如蓝藻的爆发、无孔不入的雾霾和木马病毒的快速分蘖,

你瞪着我,在半坡博物馆柔和的灯光下,
我略显笨拙地点击鼠标,一个题材陈旧、恩将仇报的故事,

展开,再展开,直到展厅里不再众声喧哗,

巨幅王铎的草书自上而下。后院的牡丹亭中,
春日的慵睡尚未被惊醒,梦里曾胡乱地紧抱你的那俊朗书生,

已经胡子拉碴——哦,这就是人间,

没有什么秘密可谈。老空了心的柳树下,
旧日的世界已把黄粱煮熟,只等你一箪食、一樽酒、一瓢饮。

7
"你愿意做被砍去头颅的刑天吗?"我问的时候,
心气平和,仙人们此时在忙于吹箫、下棋,

再过一个时辰,要去割麦。

圆上的任意一点,距离圆心都必然相等。这是他和我谈论
诸多宗教疑问的出发点,完全不顾及

圆心正在挥发,快速消失于干枯的计算当中。

好吧,回到树下,我们继续展开关于刑天的话题,
稀有的同伴们,酒桶被谁盗开了一个口子,

流淌第七日的血,

根据经书,刑天此刻正孕育在你的脚趾内,
你要么一斧头砍去你自己的脚,要么砍去你自己的头颅。

8
苍山日暮。微风中,小小的爬虫停于树叶上。你迷失
于此地的风情已经太久,

如一头贪心的牛犊,

想喝干天下所有的河流。光线开始转暗,
新长出的根尚不能潜入潮湿的泥土太深,

小说尚未达到它出人意料的高潮部分。

桃花遍开向阳的山坡,"你不能耽于修辞的训练,忘却
这群山深藏不露的大义,……"

在第八个夜晚,光影散乱,鸟鸣失了往日的章法,
微信里,社会动荡个不停,

大厅中再无人陪我操练太极、行光滑的酒令。

9
安静的院子里,有人擦拭土铳,有人设计新的兽笼,
据说也有人在研究有关今后该怎样上山与下山的系统集成。

孤独如无知无觉的乡村傻子，逐渐走向灯光涣散的地方。

一场由睡眠形成的无尽废墟里，月光朗朗，空旷而荒凉，
山鹰卖力地高飞，偶尔怪叫。

是的，经历得太多，现在应该把酒桶交还给酒桶，

把日常交还给日常。和我擦身而过的山中樵夫，
漫不经意地说："如果此中九日的煎熬

还不能让你憔悴，那你做好切实的准备，在人间过上千重
　万重。"
才说毕，他已回到了自己的家中，摸出手机，稀里哗啦地

从里面倾倒出垃圾。

10
那人用古奥的音调，说着我听不懂的话："陌上花开，
可缓缓归。"他停顿了下来，……酒醒时分，

天色微明，窗外儿童不断叫嚷。

我猛然意识到,昨夜被分割成了九日,
但现在看起来已完整如初,就像挂在墙上的帽子。我得

赶回开封府衙,吆喝早上的"威武",帮先前答应过的人递
 状纸,

西门外几个犹太商人还在等着谈龙涎香的价钱,
如果说得拢,我好在淘宝上下单。

顺便说一句,这些年高坐大堂的包大官人,是我的
庐州府老乡。若干年后,我将

在离他衣冠冢不远的同济大厦里,领受一份踏踏实实的公职。

二〇一七年六月十二日至十四日

答黄涌问　（代后记）

1. "木叶"笔名的由来是否与林庚那篇《说"木叶"》有关？你觉得笔名对你的写作有何意义？

林庚先生的《说"木叶"》应该是比较晚近才收入中学语文教材的，在我读中学的时候，尚无缘得见。取笔名纯属偶然，取"木叶"这个笔名更是纯属偶然，要追溯到我的高中时代，那是 20 世纪 80 年代中期，一个文学的年代，席慕蓉、琼瑶、三毛、白先勇等台湾作家诗人的作品正日渐搅乱年轻人的心，这在后来被赋名为"诗与远方"。其时尚在读高二的我，不知怎么的就在什么杂志上读到一篇小说，写的是大学中文系学生的热烈生活，小说中一个人物，摇头晃脑地念，"目渺渺兮愁予，袅袅兮秋风，洞庭波兮木叶下"。现在回过头来想，这也许不过是那篇小说的作者出于情节需要而较为随意的引用，但我得老老实实承认，这是我平生第一次读到屈原，数年后，我才知道，它出自《九歌》中的《湘夫人》。"木叶"的意象让我觉得清亮无比。那个时候，我已经知道台湾有个大诗人叫"郑愁予"，"郑愁予"——"王木叶"多好啊！在年轻的虚荣心的驱使下，我当即决定，以后要是写作，笔名就是它了。

笔名应该是一种自我标志，表达了写作者的自我期许。在诗歌圈，包括我在内，我陆续注意到笔名同样也叫"木叶"的诗歌写作者就不下四个，有兰州的，有上海的，有男，有女，有成名的，也有在校大学生。看来好情意每个人都有，好名字大家都喜欢用，我由此断定，当初取笔名"木叶"一定是个不错的选择，明静、清澈，有着较为特别的质感。

当然，我今天可以随意发挥说，它当中暗含着回向传统、回向自然的自觉或不自觉的态度。

2. 你希望写出怎样的诗？

德勒兹曾经就他自己的写作说过这样一句话："一纸文字四处泄露，却又严实得如同鸡蛋。"这很有趣，不过倒是比较契合我个人对写作的期待。

具体说来，我希望我写出来的诗，除了外在形式上所谓"木叶体"的某种建构期待之外，在诗意的营造与发散上，它最好能够像人们爱评头论足的太湖石那样，"透、皱、漏、瘦"。当然，如果偶尔平坦与丰腴，也不奇怪，更不矛盾，毕竟"平"和"腴"本身就是因"皱"与"瘦"的对举而存在的。在这四个向度上，"透"和"漏"无疑非常重要，就像"气眼"一样，让一首诗灵活得足够"四处泄漏"。至于泄露了什么，可能也"瞻之在前忽焉在后"，莫衷一是才最好。如何恰如其分地做到它，我想中国古典诗论当中对此的论述比比皆是，作为诗歌技术的丰饶资源，它们在当代诗歌的写作中同样可以调用的地方太多。

关键在于后面一句，"严实得如同鸡蛋"。说严实，就是"自足"，是一首诗应有的稳定的闭环状态，充满了无穷的合理性；至于"鸡蛋"，作为比喻的说法，在我的解释当中，它既是形态的，也是功能的，总之，它将是确定的"存在"，连接过去与未来，朴素而明确，看起来似乎在随时等待孕育。

这两种样态的合成之上，才有可能最终成立一首我所希望的诗。当然，我知道我写作过大量断如风筝的诗，最终都不知所终；也写过许多散乱如河畔鹅卵石一般的诗，呆头呆脑，毫无灵魂可言。

3. 你是如何看待合肥写作圈内对你"木叶体"写作的称呼？

"木叶体"倒不是合肥写作圈首先称呼的，岭南师范学院张德明教授是首提"木叶体"的诗歌批评家，他说："……这种古今中西的镶嵌、碰撞与对话，在这组诗的其他篇章中有着如出一辙的组构方式，它们有效地促成了诗歌意味的不断繁衍和精神旨趣的反复升腾，一定程度上构成'木叶式'诗歌文本生成和意义产出的诗学套路。"江西师范大学陈离教授则在《跨界的写作：木叶和"木叶体"》一文中明确提出过"木叶体"，原文如下：

> 木叶的"文体意识"特别强，直接的结果是他创作的诗歌文本的辨识度特别高。他有意地破坏诗歌的"整齐"，特别长和特别短（有时短到只有一个字）交错使用，以及意味深长的跨行和跨节的使用，说他创造了个性鲜明的新诗的"木叶体"也不为过。

此外，国内也有一些诗人比较重视"木叶体"及其实践。至于合肥写作圈内，显然大家只是戏谑地说说而已，我想这也很自然，当下的诗歌写作，目前好像确实还不宜谈"体"，所以对于什么"体"之类的说法，往往是贬义的，至少是揶揄的，我本人对此问题所持的立场也不例外。

但是如果真就诗歌的形式去细加分辨，当代诗歌绝大部分文本充其量只能算作"散文诗"；而目下的"散文诗"，则是短小的、文本逻辑看起来更为松散的"诗散文"而已。这两类文本当中，作为文类的、诗的形式特征，都是缺席的。严格音韵学意义上的诗歌本体已经基本退位的情况下，赓立何种诗歌本体确实是一件深远的大事，但无论如何，我想诗人仍然应当是自觉的声音学家，面对他使用的书写文字。这也就是说，后退一步来看，语言的节奏与气息究竟怎样以及如何能够恒定地、持续地参与到诗歌书写中去，值得每一个诗人去思考它，如果他确实是有志于写"诗"的话。

所谓"木叶体"，无非体现了一点点我个人就此问题的探索与实践，比如"一二一"式的建行与建节等，尚待方家检验。

4. 你在一篇文章里曾探讨过"是"与"如是"的关系，你是如何看待二者间的联系？你觉得，诗究竟要表达"是"还是"如是"？

你说的是一篇小文章，《解决"是"的问题"》，写于2014年，后来用作诗集《我闻如是》的"代后记"，以阐发我本人的诗歌观念。同一时期我另外还写了一首同题诗，照录如下：

解决"是"的问题

且谈起一栋楼宇的记忆问题，这让人很动感情，
正如楼宇前面草地上，几只悠闲的鸟儿，

它们的记忆与情感，我无法得知。

那会"是"什么？这栋楼宇，建筑年龄不长，
干净，挺立，披覆着阳光。

——其实不过是我对于时间的个人测量，
主观，野蛮，膨胀出我的空间，鸟儿在其中跳荡。

这首诗和那篇文章都可以理解为"是"在何处之问。显然，这是一个充满奥义的问题，远超出了我能够回答的可能。那篇小文章的核心，是认为就诗歌写作而言，局部如小到诗句

中相邻两个词之间,都必然有一个隐含的"是",极敏感的同时又极精确,否则诗句不能成立或成立得勉强;宏观上则一首诗更是如此,全诗应当足以组成一个立体、有机的"是"。因此在我看来,探求"是",就是探求诗歌写作的根本。它不完全是胡塞尔意义上的"回到事物本身",同时也应该意味着究竟该怎样凌驾于事物之上。

对于"是"最大的遮蔽是"此在",包括局限于历史与未来之间的作为写作主体的"我",这是生命个体无从避让的宿命。"去蔽"的过程,一旦你发动它,最为痛苦,又最为迷人,此中有诗生成,这是它的珍贵所在。去蔽就是澄明"是"之旅。刚才说诗歌写作中小到诗句中相邻两个词之间,都必然有一个隐含的"是"。对于这个"是",如果仅仅用"真实"或"真实性"来对待它、捕捉它,会发现最终只能一无所获。在跃迁中,"万象皆幻"。因此,我们也许只能"如是"——一个近似的过程,一个比喻设法的过程。对于"如是",我个人朴素地接受先贤的教诲:"修辞立其诚",欲发"求真"之愿,"是"之愿,应先"立诚"。

在我看来,人类全部的写作始终都在致力于如何更为恰当地"解决'是'的问题",以及怎样更为恰当地"如是"的问题,无论是诗歌,还是其他。

5. 你是如何看待我们这个时代的诗歌写作?你觉得不同时代的写作氛围对你的写作产生过怎样的影响?

在日益散文化的时代来讨论诗歌写作,我不知道当中是否内嵌着一种难以调和的荒唐。说"散文化",那还是黑格尔站在他所在的那个时代所做出的判断,当代则已经远超"散文化"了,从短信到微博再到微信,单从文字表达而言,照我看,我们已经进入"句读"时代乃至"表情包"时代。当然,这里的"句读"指的是人们之间已经简单到可以只用一句话乃至几个字混搭出来的缩略语交流，而这看起来已经足够了。为什么呢？声音与图像包括视频的介入，使得人与人之间的交流渠道看起来已经被以一种更加"立体"、更加多维的方式架设。所以，我们会发现，很多的场合当中，文字的运用已非必要。进一步说，"非文章化"已经成了普遍的现象，更不要说诗歌了。

所以，在我们此刻置身的时代里，诗歌一定程度上已经实质性地变成了可有可无的、"精神鸡肋"般的存在，诗歌活动往往不过是很小众的狂欢，人们不会在乎你写不写诗。实际上却是好事情，因为交际功能的多元化，把此前诗歌身上粘连得过于紧密的"兴、观、群、怨"以及应和酬唱等功能都去除了，至少相当一部分被抹去，用罗伯特·勃莱的话来说，现在的诗人们写诗，成了在这个商品的时代苦苦地赠送礼物，诗歌因此可以更加以其"自身"的面目示人。听起来有点酷，但我觉得还需要强调一点，就是哪怕是"赠送"，人们也有理由要求礼物的精美。这涉及一个本真之问：诗歌"自身"的面目究竟应该是什么样的？因此，我想我们这个时代的诗歌写作，有抱负的诗人们都在逼问自己，并努力给出自己的答案。

"我们这个时代"，我想不如直接说"当代"，它不仅仅是一个概念，更是一个巨大、含混、有无穷触角与须根的存在，内涵丰富渊深。在这一点上，我认同陈先发的判断，他认为在这个确乎"五千年未有之变局"的当下，诗人完全有理由也极有可能写出杰作。面朝"我们这个时代"，诗人确实必须做出既合乎事实又不失尊严的应答。

至于"不同时代的写作氛围"，如果我的理解是正确的，每一个诗人都只可能沉浸在他自身时代的写作氛围当中，唯一可以安慰和激励他的是这样的信念，如果"一切历史都是当代史"，那么它的反题同样成立：所有的当代都必然地贯穿它此前的全部时代。

讨论"不同时代的写作氛围"对我的写作所产生的影响，

似乎有点过于看重我了,虽然我也悬想过困顿在柴桑乡下的陶渊明所置身的混乱的东晋末年,玄想过李白时期热烈浪漫的大唐,默念过作为修女的艾米丽·狄金森在19世纪的美国乡下表面看起来平淡无奇的素朴生涯,等等,他们组合在一起,共同成为"文化",有意无意当中,矫正或歪曲着我。当然,问题的提出如果仅仅针对20世纪90年代以及21世纪第一个十年以及此后的时间段,它们各自所有的"写作氛围"对我的写作所产生的影响,那我要诚实地回答,影响固然有,但没有大到可以严肃地去分辨它们的地步。虽然几十年来,我们的时代在经济、政治、社会的狂飙发展和转型嬗变上,用"天崩地裂"去形容,毫不过分。

6. 作为一名文学刊物编辑,编辑这个职业对你的写作有何影响?

影响多少有一点,但并不大,或者没有局外人想象的那么大。写作本质上是一件非常个人化的事,也是非常业余的事,它和一个人服务社会的主业的关联度不宜太大,否则易受到侵扰,编辑工作自然也不例外。

7. 你对同时代诗人有什么样的期望?你觉得可以"成为同时代诗人"吗?

谈不上也不必谈什么对于同时代诗人的"期望",远近高低各不同,诗人们"都在此山中"各自游历,对于真正的写作者而言,大家永远是彼此相依为命、需要互相激励的兄弟,在永无止境的登山过程中。

我倒是期望我自己能够更加诚实地对待诗歌、对待同行们的创作,因为无论哪种类型的诗歌写作,如倾向古典的,倾向现代、后现代的;再如口语一些的,文字雅正一些的;乃至

"非诗""反诗"写作的……它们其实都不是划分诗歌优劣的真正鸿沟。诗歌史永远依赖后世的人们去总结,只有当一个时代的写作都汇总在一起,才有可能稍微清晰一点地去谈论它的优劣得失,而这几乎也都是相对的。从这个角度来说,当代诗歌的写作以及文体的建设尚在路上,有无穷的变数与可能,正是这一点激励着我仍然在写作。

至于"成为同时代诗人",你后来解释说指的是北京青年诗人们所提出来的当代诗学行动命题。据他们引用意大利哲学家奥乔·阿甘本(Giorgio Agamben)在《何为同时代人》一文中所给出的理论资源,认为:

> ……成为同时代人,就像等待一场注定要擦肩而过的约会。一个诗人,就出生和行走在这张既悖谬又坚执的邀请函中,它包含了生存的紧迫性,和言说的困难性,犹如每日的面包和葡萄酒,融化在我们的体内。

并提出"写作者必须从痛苦的伤口处来到时间里面,进入运作时间,一个因时代错误而得以准确观察时代的良机。"(2015年北京青年诗会诗歌主题阐述)如果就此而论,我朴素地认为这肯定是诗歌本身的自明性设定,内蕴现代诗歌近乎天然的"革命"本性。如果把目光投得更远一点,不唯当代,古代亦然。这当中我个人更看重的是它隐含着一诗人面向他所处的时代应当始终保有的"诚实"。古老的"修远"永远在召唤诗人们,我们几乎从屈原那里就可以看到,"擦肩而过"的刹那,也许只是无尽的凄凉与哀恸。

二〇二一年九月十六日

(黄涌,安徽怀宁人,诗人、评论家,发表诗歌、散文以及评论等约60万字,著有《杯水集》等四部,另主编有《教师人文读本》。)